身代わり悪女の契約結婚
一年で離縁されましたが、元夫がなぜか私を探しているようです
櫻井みこと
Micoto Sakurai Presents
JN239329
fairy kiss

身代わり悪女の契約結婚

一年で離縁されましたが、元夫がなぜか私を探しているようです

第一章　身代わり

会場に入ると、集まった人々の視線が一斉にこちらに向けられた。

その視線の多さに怯（ひる）んで、リアナは思わず立ち止まった。

ここはホード子爵の三男の婚約披露を祝う子爵邸のパーティ会場である。

ホード子爵家は当主が王城に勤めているために交友関係も広く、集まってきた人も多い。

そこに、少し前まで世間を騒がせてきた女性が登場したのだから、注目を集めるのも無理はないのかもしれない。

当然のことながら、好意的な視線や言葉などひとつもなかった。

覚悟をしてこの場を訪れたはずなのに、少しだけ怯んでしまう。

けれど、『悪女ラーナ』であれば、こんな視線は気にしないはずだ。

リアナは顔を上げて、まっすぐに前を見た。

ここからは見えないが、この会場にはホード子爵家の三男の婚約者として、リアナの姉のエスリィーがいるはずだ。

姉は数年前から、とある事情で『悪女』と呼ばれていた。

そんな姉の身代わりになって、リアナは今夜から『悪女ラーナ』となる。

ここから先に足を踏み入れたら、もう戻れないとわかっている。

リアナは別人となって、本来の自分とは違う女性を演じなくてはならない。

少しだけ、怖かった。

でも、迷ったのは一瞬だけ。

リアナは周囲の人々に向かって、宣戦布告のように艶やかに微笑んだ。

光沢のある美しい銀色の髪に、白い肌。

深い青色の瞳。

人目を惹く美貌に、仰々しいくらい華美なドレス。

今日の主役のふたりよりも、目立つだろう。

そんな装いのリアナに向けられている視線は、あまり好意的なものではない。

でも、そんなものは気にならない。

気にしてはいけない。

今夜からリアナは、『悪女ラーナ』なのだ。

かつて、そう呼ばれていたのは姉だった。

懸命に厚化粧をして華やかさを装っていた姉とは違い、リアナは少しだけ姉に似せた化粧をするだけで事足りた。

母譲りの派手な外見が、こんなところで役に立つとは思わなかった。

今までのラーナとは違うことを悟られないように、悪女らしく、さらに魅力的に振る舞わなくてはならない。

パーティに参加するのも初めてのリアナには荷が重いが、すべては姉のしあわせのためだ。

(今まで苦労した姉様が、ようやくしあわせになろうとしている。だから、私が頑張らないと)

そう決意を固めて、ちらちらとこちらを見ている男性に微笑んでみせる。

男性はたちまち頬を染め、急いで視線を逸らす。

そのパートナーの女性の蔑むような視線を受け流して、リアナはさらに会場の奥に進んでいく。

リアナは、カロータ伯爵家の次女である。

家族は、五歳年上の姉のエスリィーだけ。両親は五年前、馬車の事故でふたり揃って亡くなってしまった。

あれは、秋の日のことだった。

大騒ぎになった屋敷。

青褪めて震えた姉の顔。

その日の風の冷たさを、今でもはっきりと覚えている。

両親が亡くなってしまい、十六歳と十一歳の姉妹だけが残されただけでも悲惨なことだ。

それなのに、不幸はそれだけでは終わらなかった。

間の悪いことに、両親は新しい事業を始めたばかりで、かなりの額の資金を借りていたのだ。

そこまでして始めた事業も、両親がいなくてはどうにもならない。残された姉妹だけでは何もできず、たちまち倒産してしまった。

　こうしてふたりに遺されたのは、先祖代々の古びた屋敷と、多額の借金だけ。

　カロータ伯爵家の領地は、まだ成人していない姉妹ではどうにもできないだろうと、王家預かりになった。

　条件はあるが、それさえ満たせば、後継者の姉が結婚した際に返却される予定だった。

　その姉は王都の貴族学園に通っていたのに、まだ一年も通っていない学園を退学して、リアナが待つ屋敷に戻ってきた。

　貴族が通う学園だけあって、学費もかなり高額になる。

　でも入学したときに一年分の学費は支払っているはずなので、二年生になるまでは通えたはずだ。

「どうせ来年の学費は払えないわ。だったら、すぐにでも辞めてしまいたいの」

　それなのに姉は、諦めたような目でそう言った。

　一年だけでも勉強できれば、今後の生活に多少は役立ったかもしれない。

　でもカロータ伯爵家に起こった悲劇は、貴族社会でかなり話題になったようだ。大人しい性格の姉は、周囲の好奇の視線に耐えられなかったのだろう。

　親戚は何人かいたが、両親が多額の借金を遺して死んだと知ると、力になれないことを詫びながらも、全員が離れていった。

　借金さえなければ、姉の学費くらいは貸してくれたかもしれない。

でも事業拡大に熱心だった両親は、どうやら聞いた人が驚くほどの多額の資金を借りていたようだ。

「もしお父様とお母様が生きていても、この事業が失敗していたら、どうせ学園は辞めることになっていたわ」

姉はよく、自分に言い聞かせるようにそう言っていた。

五歳年上の姉は、まだ十一歳だったリアナよりも、事業の難しさを知っていたのかもしれない。

こうして屋敷に戻ってきた姉は、借金返済と生活費のために働こうとした。

けれど、今まで貴族令嬢だった姉にできる仕事などほとんどない。

しかも姉はとても優しく、穏やかで真面目な性質だったが、あまり手先が器用ではなかった。

だからしばらくは装飾品や、屋敷にある美術品などを売って生活費や両親の遺した借金の返済に充てていた。

でも一年ほど経過した頃にはそれも尽き、使用人にも賃金が払えなくなって、ほとんどが辞めていった。

残ったのは、両親の代から勤めてくれている執事と、メイドが数人だけ。

彼らは亡くなった両親に恩があると言って、満足に賃金が払えなくなっても、ずっと傍にいてくれた。

でも、このままでは、食べるものにも困る日が来るかもしれない。

そんな状態の姉妹を助けてくれたのが、トィート伯爵だった。

トィート伯爵は父の知人で、年齢は両親よりも先に亡くなった祖父と同じくらいである。

父とは事業仲間で、かなり裕福な資産家だった。

王都に大きな屋敷を持ち、使用人も、両親が生きていた頃のカロータ伯爵家の倍以上いた。

けれど私生活は孤独で、三十年ほど前に娘と妻を事故で亡くしてしまい、それからは後妻も迎えずにひとりで生きてきたそうだ。

トィート伯爵がとても裕福だったことから、ある程度の歳になってもお金目当ての女性が大勢群がり、そのせいでかなり人嫌いになってしまったと聞く。

それなのに両親を亡くしたエスリィーとリアナに手を差し伸べてくれたのは、理由があった。

父と親しかっただけではなく、姉が彼の娘が亡くなった歳と同じであり、さらに家族を事故で亡くしたという共通点があった。

生活費を支援してくれて、そのお礼に姉は、トィート伯爵の話し相手をするようになった。

ただトィート伯爵の屋敷に行き、彼の過去の話を静かに聞くだけだ。

トィート伯爵は気難しい老人だったが、姉と亡くなった娘を重ね合わせているらしく、姉にはとても優しかった。

彼の亡くなった娘は、姉やリアナと同じように、美しい銀色の髪をしていたそうだ。だから姉を見ているうちに、娘のことを思い出すことが増えていた。

トィート伯爵の長年の孤独を垣間(かいま)見てしまった姉は、彼を慰めたかったようだ。

そんなときに、ふと姉は、トィート伯爵の亡くなった娘の服を着て、その話を聞くことを思いつく。

　彼の娘はラーナといい、少し派手好きで華やかな美人だったらしい。

　屋敷に飾られているトィート伯爵の妻の肖像画も美しい女性だったから、ラーナは母親によく似ていたのだろう。

　だからラーナの遺したドレスはどれも華美なデザインで、大人しい姉はそんなドレスを着ることが、最初は少し恥ずかしかった。

　でも親戚たちが背を向ける中、父の知人でしかないトィート伯爵だけが、姉妹を助けてくれた。

　その恩に報いたくて、姉はラーナのドレスを着て彼の傍にいた。

　それでも、姉と彼の娘のラーナの顔立ちはまったく違う。

　しかも、どちらかというと清楚な顔立ちの姉に、ラーナの派手なドレスはあまり似合わない。

　それを見て寂しそうに溜息をつくトィート伯爵を慰めたくて、姉は彼の妻や娘の肖像画を参考にしたり、当時からいるメイドたちに話を聞きながら、少しでもラーナに似せようと、派手な化粧をするようになった。

　亡き娘とそっくりになった姉を見て、トィート伯爵は喜んだ。さらに姉を娘の名前で呼んで、夜会に連れ回すようになった。

　それは両親を亡くしてしまい、社交界にも出られなくなった姉のためでもあったかもしれない。

　けれど、今まで人を遠ざけていた裕福な老伯爵が、美しく着飾った派手な若い女性を連れていたら、愛人だと思う人がほとんどだった。

ましてトィート伯爵の娘が亡くなったのは、もう三十年ほど昔のこと。

彼の娘の顔はもちろん、名前すら覚えている者はいなかった。

こうして姉は、裕福な老伯爵に上手く取り入った『悪女ラーナ』と呼ばれるようになった。

トィート伯爵は、自分が娘のように思って連れている姉が、『悪女』と蔑まれていることを知らなかった。

それなりに権力を持っていた彼に面と向かってそんなことを言う人はいなかったし、伯爵自身もあまり社交的ではなく、世間の噂にも疎かった。

むしろ年頃の姉に、良縁を探してやるつもりで連れ歩いていたのかもしれない。

毎回違う華美なドレスを着て、美しい宝石で身を飾る。

派手な化粧をして、トィート伯爵を振り回すくらい、我が儘で勝ち気な性格。

それは姉がトィート伯爵の娘がそうだったと聞き、彼女に似るように演じているだけだ。

トィート伯爵がそんな姉に甘いのは、亡くなった娘には厳しく叱った記憶しかなかった後悔からである。

けれど周囲はそんな裏事情など知らず、姉をトィート伯爵の愛人だ、裕福な老伯爵を籠絡した悪女だと呼ぶ。

そんな心ない噂は、姉を傷付けた。

夜会から戻ると、部屋に閉じこもって泣いていたこともあった。

リアナはそんな姉を見ているのがつらくて、自分も働くから、もうトィート伯爵のところには行かないでほしいと訴えた。

「まだ幼いリアナを働かせるなんて、そんなことはできない。それに恩を受けたからには、必ず返さなくてはならないわ」

それは、父の口癖だった。

姉はその言葉を、別れの挨拶さえできなかった父の遺言のように思っていたのかもしれない。


そして両親が亡くなってから、五年が経過した。

姉はその間ずっと、トィート伯爵の娘を演じていた。

悪女ラーナの噂は王都中に広まっていて、もう知らない者は、トィート伯爵自身くらいだ。

厚化粧と派手なドレスのお陰で、それが両親の死で学園を退学したカロータ伯爵家の長女だとは、誰にも気付かれなかった。

大人しい性格だったこともあり、学園に半年も在学していなかった姉のことを、覚えている者はあまりいなかった。

それも、理由のひとつだったのかもしれない。

リアナも十六歳になっていた。

姉はリアナだけでも何とか貴族学園に入れようとしてくれたが、リアナはそんな姉の提案を断った。

こんなに姉がつらい思いをしているのに、自分だけ呑気(のんき)に学園生活を送るつもりはないし、借金もまだ残っている。

それに、貴族学園に通うのは義務ではない。

勉強ならひとりでもできるし、これまで通り、家事の手伝いや在宅の仕事を継続していくつもりだった。

姉はやや不器用なようで、家事は苦手で、刺繡の仕事もできなかった。でもリアナは、家事も裁縫も得意だった。

だから両親が亡くなってからも、少ない人数で残ってくれたメイドを手伝って、洗濯や料理をしていた。

日中は修道院で修道女の手伝いをしたり、刺繡の仕事をしたりして、夜になると姉の教科書を借りて、ひとりで勉強した。

リアナも、トィート伯爵には感謝している。

彼が助けてくれなかったら、リアナはこうして姉と一緒に暮らせたかどうかもわからない。

でも優しくて誠実な姉が、悪女として蔑まれていることがつらかった。

一生懸命働いて、少しでも両親の借金を返し、姉を『悪女ラーナ』から解放するために、必死に頑張っていた。


そうしているうちに、季節は冬となった。

寒い日が続くようになると、トィート伯爵は風邪を引いて寝込んでしまった。

姉は必死に看病をし、トィート伯爵の屋敷に泊まり込むこともあった。

けれど老齢ということもあって、トィート伯爵はそのまま回復せずに、静かに息を引き取った。

姉は最後まで、ラーナのドレスを着て彼に寄り添っていた。

恩人の死に、リアナも泣いた。

不器用で優しくて、そして寂しい人だった。

愛する妻、娘のことを、長い間ずっと想い続けていたのだろう。

その想いが、姉を悪女にしてしまったのだ。

トィート伯爵は資産の一部を姉に遺してくれたので、両親の借金もかなり返すことができた。

まだ残ってはいるが、数年ふたりで一生懸命働けば、きっと完済することができるだろう。

姉は本来の自分に戻り、これからは自分の人生を生きることができる。

リアナはそう思っていたし、姉もそうだったのかもしれない。

けれど、『悪女ラーナ』の噂は、トィート伯爵が亡くなったあとも収まらなかった。


「姉様、どうしたの？」

修道院から戻ったリアナは、落ち着かない様子で部屋の中を歩き回っている姉を見つけて、そう声を掛けた。

トィート伯爵が亡くなり、彼の話し相手という仕事を失った姉は、屋敷にいることが多くなった。

家事をしようにも、不器用な姉では衣服をかえって汚してしまったり、貴重な食材を焦がしてしまったりする。

だから今は王家預かりになっている領地を取り戻せるように、父の代から仕えてくれている老執事に色々と教わっている最中だった。

今朝もリアナが出かける前は、熱心に領地運営について学んでいたはずだ。

それが、困ったような、それでいて少し嬉しそうな顔をして、落ち着かない様子である。

「リアナ、おかえりなさい」

帰ってきた妹に気が付いた姉は、そう言って手にしていたものを隠した。

「どうしたの？　招待状？」

ちらりと見えた封筒は、招待状のように思えた。だからそう尋ねると、姉はどうしたら良いかわからない様子で、こくりと頷く。

「そうなの。学園で唯一仲良くしてくれた子が、結婚するみたいで。それで、私にも招待状を送ってくれたの」

姉が学園に通っていたのは、春から秋にかけての期間でしかない。

そんな中で、仲良くしていた人が結婚式の招待状を送ってくれたのか。

「姉様、これはチャンスよ！」

リアナは姉に駆け寄り、その手を握りしめた。

「チャンス？」

「そうよ。ラーナではなくて、カロータ伯爵家のエスリィーとして社交界に出るチャンスよ。姉様だって、いずれは婿を迎えてカロータ伯爵家を継ぐのでしょう？」

「……そうね」

両親が亡くなったあとも、まだ子どもだった姉妹に代わって、カロータ伯爵家を継ぐ意思を示した親戚はひとりもいなかった。

資金の貸し付けは、カロータ伯爵名義だったのだ。

爵位を継ぐと、その借金も背負うことになる。だから今は領地とともに、王家預かりになっている。

女性では爵位を継げないが、両親の借金をきちんと返済し、姉のエスリィーが結婚すれば、その夫がカロータ伯爵になる予定だった。

借金の返済を、爵位を継ぐ条件にしたのは、領民たちが苦しい生活を強いられないようにするためだと聞いている。

だが、いくら両親の遺した借金とはいえ、当時はふたりとも未成年だった。

その借金を返済することを条件にしたのは、さすがに酷ではないかと思ってしまう。だが、他でもない両親が作ってしまった借金だ。

でもその借金も、姉の苦労のお陰でほぼ返した。

あとは、婿入りしてくれる男性を探すだけだ。

トィート伯爵も色々と心配して、姉を夜会に連れて行ってくれたようだが、『悪女ラーナ』に持ち込まれた縁談など、できれば遠慮したい。

姉には、カロータ伯爵家のエスリィーとして社交界に出直して、姉とカロータ伯爵家を大切にしてくれる婿を探してもらわなくてはならない。

「でも、私は悪女よ。今さら、社交界になんて……」

当時のことを思い出したのか、姉の顔が曇る。

「大丈夫よ。今の姉様と、ラーナを演じていた頃の姉様とは、まったく違うから」

姉はトィート伯爵の娘ラーナに似るように、かなり派手な化粧をしていた。

だから招待状を送ってくれた友人も、きっと気付かないだろうと、リアナは姉を説得した。

「そう、かしら。リアナがそう言うなら……。でも……」

姉はまだ迷っている様子だったが、招待状をしっかりと握って離さないところを見ると、本当は行きたいのだろう。

両親の死によって、退学しなければならなかった学園。

そこで出会った友人が、結婚式に招待してくれたのは、姉にとってリアナの想像以上に嬉しかったに違いない。

「さぁ、姉様は早く出席しますって返事をしないと。ドレスも用意しなくてはならないわね」

「そんな、勿体(もったい)ないわ。ドレスなら、以前頂いたものがあるから」

「駄目よ。あれは、姉様のためのドレスじゃないわ」

トィート伯爵からもらったドレスの中には、娘のラーナが好まなかった、あまり派手ではないドレスもあった。

けれど、せっかく姉が『悪女ラーナ』から抜け出せるチャンスなのだ。

ここは少し無理をしても、姉のために新しいドレスを用意したい。

「今年は凝った刺繍のドレスが流行だから、シンプルなドレスを買ってきて、私が刺繍するわ。それなら、それほどお金が掛からないでしょう？」

躊躇う姉を押し切って、結婚式に参列するドレスを買いに行った。

悪女とはかけ離れた清楚で美しいドレスに、リアナは時間を見つけては、刺繍をしていく。

（どうか姉様がしあわせになれますように。姉様を守ってくれるような人と、出会えますように）

そう祈りを込めて、寝る間も惜しんで、丁寧に針を刺していく。

じっくりと時間を掛けたので、服飾店に依頼するようなものとそう変わらないほどのドレスが仕上がった。

「こんな素敵なドレスを、ありがとう」

試着した姉は、そう言って喜んでくれた。


それから数日後。

姉は、リアナが仕上げたドレスを着て、友人の結婚式に参列した。

久しぶりの再会に、友人はとても喜んでくれたらしい。

他の学園の友人とも再会し、そしてリアナの望み通りに、ある男性と知り合いになった。

ホード子爵家の三男、ナージェ。

新郎の友人らしく、結婚式で初めて会ったが、姉に一目惚れして、熱心に口説いてきたらしい。

「初対面の令嬢を口説くなんて！」

最初にそう聞いたとき、リアナは憤慨したが、姉は必死に彼を庇った。

「口説くなんて、大袈裟よ。ただ、ドレスが綺麗だと褒めてくれて。私に、とても似合うと言ってくださって」

そのときのことを思い出したのか、白い頬を赤く染めてそう言う姉が、眩しいくらいに綺麗だった。

それを見ているうちに、リアナの怒りも収まっていく。

願っているのは、姉のしあわせだ。

そんな姉が望んでいるのならば、反対することもない。

その後、リアナは刺繍した品を納品している服飾店を通じて、さりげなくホード子爵家のことを調べた。

領地も爵位も王家預かりとなり、リアナも姉も、かろうじて貴族を名乗れるような状態である。

自分たちが選べる立場ではないことは、承知しているが、今まで苦労をしてきた姉には、どうしてもしあわせになってほしかった。

だからそのホード子爵家のナージェが、姉をしあわせにしてくれる相手なのか、見定めたかったのだ。

ホード子爵家は爵位こそ少し低いが、かなり古い家柄で、ナージェの父である子爵は王城に勤めている。

その夫人も過去に王城に勤め、侍女をしていた経験があり、夫婦揃って真面目で堅実な人柄らしい。

ナージェは、その子爵家の三男である。

歳は、姉より三つ上の二十四歳。

自分の父と同じように王城に文官として勤めていて、結婚するつもりもなかったようだ。

だから、今まで婚約者はいなかった。

初対面で姉を口説いたと聞いたので、女性と見れば声を掛けるような人かと思ったら、そうではないようだ。

むしろ真面目で、浮いた噂はひとつもない。

そんな人が姉に声を掛けて、口説き文句のような褒め言葉を言ったのだとしたら、本気なのかもしれない。

本当の姉は控えめだが品が良く、優しげな顔立ちで、さらに誠実である。

一目惚れされても無理はないと、リアナは納得する。

姉がしあわせになれるように、祈りを込めて刺繍したドレスを褒めてくれたのも嬉しい。

もし姉も望んでいるのなら、全力で応援しようと決めた。

姉は、結婚式後も友人との交流は続いている様子だった。

友人もまた、姉とナージェを引き合わせてくれるらしく、彼女の家に遊びに行ったり、友人夫婦と四人で出かけたりしている。

楽しそうな姉の姿に、リアナの心も満たされていく。

とうとうナージェの家に招待されたと聞いたときは、リアナも張り切って、姉のために訪問用のドレスを新調した。

もちろん、リアナの刺繍入りである。

「向こうは堅実なお家柄だから、もし両親の借金のことを聞かれたら、ほとんど返し終わっていることと、今は領地経営の勉強をしていることを伝えた方がいいわ」

ただ、トィート伯爵のことは話さないようにと、念を押す。

彼には感謝しているが、『悪女ラーナ』と姉を切り離したかった。

「……わかったわ。でも、それでいいのかしら」

「もちろん。きっと姉様のしあわせを祝福してくれるはずよ」

きっぱりとそう言い切って、姉を迎えに来てくれるナージェを待つ。

彼とは初対面だから、きちんと挨拶をしなければならない。

そう思ったリアナは、姉と並んで彼の乗った馬車を待っていた。

やがてホード子爵家の馬車が到着した。

やや小ぶりだが、格式高い馬車は、ホード子爵家の歴史を感じさせるものだ。

その馬車から降りてきたナージェは、それほど背は高くないが、落ち着いた雰囲気の誠実そうな人だった。

姉と似たような雰囲気に、きっと似合いの夫婦になるだろうと、気の早いことを考える。

けれどそのナージェは、迎え出た姉に柔らかく微笑んだかと思うと、リアナを見て、僅かに眉を顰めた。

何か気に入らないことがあったのだろうかと、リアナは内心、首を傾げる。

けれど姉のことは愛しそうに見つめているから、ふたりの間に何か問題があったわけではなさそうだ。

「初めまして。エスリィーの妹、リアナと申します」

挨拶をして頭を下げると、彼も名乗ってくれたが、その視線はあまり好意的ではない。

どうやら彼が気に入らないのは自分らしい。

「妹のリアナには、いつも助けてもらっているの」

嬉しそうにそう告げる姉は、ナージェのリアナに対する視線には気が付いていない様子だった。

でも馬車が立ち去ったあとも、リアナはしばらくその場に佇んでいた。

ならば自分もあまり気にしないことにしようと、にこやかにふたりを送り出す。

姉の配偶者候補に嫌われているのは、少し問題があるかもしれない。仲良くできるように、こちらから話しかけた方がいいのか。

それとも、あえて何もしない方がいいのか。

(何が気に入らないのかわからないから、対処のしようがないわね……)

そっと溜息をつく。

初対面であるにもかかわらず、リアナを見るなり嫌な顔をしたからには、きっと何か原因がある。心配していたが、戻ってきた姉はとても楽しそうだったし、ナージェもリアナに敵意を向けることはなかった。

あの視線はリアナの勘違いだったのではなく、彼が巧みに自分の感情を押し隠したのだろう。さすが王城に勤めているだけあると、変なところで感心する。

「姉様、大丈夫だった？」

それでも心配になって尋ねると、姉はもちろんだと、大きく頷く。

「とても良くしていただいたの。ナージェのお兄様にもお会いして、弟を頼むなんて言われてしまって」

いつのまにかナージェを名前で呼び、やや興奮した様子で話す姉の白い頬は、薄紅色に染まっている。

姉は今、しあわせなのだ。

そして、これからもっとしあわせになろうとしている。

そう思うと、ナージェに嫌われていることなど些細なことに思えてくる。

「ナージェはリアナのことも気にしてくれていたわ。良い嫁ぎ先を探さなくてはならないって」

「え？」

そう思っていたリアナだったが、予想外の言葉に驚いて、思わず声を上げた。

「……私の？」

「ええ。リアナは華やかな美人だから、着飾らせて連れて歩きたい人は、きっと多いだろうって」

姉は無邪気にそう言ったが、ナージェの言葉の端に、悪意を感じる。

まだ姉との婚姻が決まらないうちから、リアナを追い出そうとしているように聞こえたのは、考えすぎか。

しかも着飾らせて連れて歩くなんて、妻ではなく愛人の扱いではないか。

リアナは咄嗟に視線を窓に向けて、窓ガラスに映った自分の姿を見つめる。

姉妹だけあって容姿は姉と似ているが、雰囲気はまるで違う。

清楚で控えめな姉とは違い、リアナは派手な印象を持たれることが多い。

しかも姉のドレスばかり仕立てていたから、リアナ自身は、トィート伯爵からもらった彼の娘のドレスを着ていた。

(姉にばかり苦労させて、自分は派手な格好をして遊び歩いている妹……。そう見えていたのかもしれない)

だとしたら、あの嫌悪の視線も理解できる。

でも見た目だけでそう思い込み、そんな態度を取るような男性に、大切な姉を預けていいものかと、リアナは悩んだ。

しかし姉の前では、巧みにその感情を押し隠している。

それに、妹が誤解されていることを悲しんだ姉が、自分の過去をナージェに打ち明けてしまうのが、一番困る。

それに何よりも、姉はナージェを愛している。

もし姉が結婚しても、数年はカロータ伯爵家に残り、姉の手伝いができればと思っていた。

姉がしあわせになる姿をこの目で確認してから、あとは修道院にでも入る予定であった。

両親の借金はもう数年で返せるだろうが、貯蓄も財産もまったくない。

これから爵位と領地を返還してもらい、領地運営をしていくには、やはりお金が必要となる。

爵位を継ぐからには、社交界にも出なくてはならない。

そのためのドレスや装飾品。さらに王都の屋敷と領地の屋敷の維持費、人件費も必要だ。

リアナの嫁入りにお金を掛けるくらいなら、その分、カロータ伯爵家と領地の未来のために使うべきだ。

さらにこんな状態ならば、さっさと家を出た方がいいのかもしれない。

姉とナージェの結婚式を見届けたら、すぐにそうしようと思っていた。


けれど、ある日のこと。

いつものようにナージェの屋敷に招かれた姉が、憔悴したような顔で帰ってきた。

「姉様？」

自分は顔を見せない方がいいだろう。

そう思ってホード子爵家の馬車が到着しても出迎えなかったリアナは、慌てて階段を駆け下りて、入り口の床に座り込んでしまった姉に駆け寄った。

「どうしたの？」

姉は何も答えずに、ただ小さな子どものように首を横に振る。

そして、声を押し殺して泣いていた。

（姉様……）

何とかしなければ。

自分が姉を守らなくてはと、リアナは床に座り込んだままの姉をゆっくりと立たせ、応接間のソファに座らせる。

そしてその隣に座って、姉が落ち着くまでずっと、その背を撫でていた。

「……何があったの？　ホード子爵家の人たちに、何か言われたの？」

涙がようやく止まった頃、静かにそう尋ねてみる。

「いいえ。ナージェは私のことを、好きだと言ってくれって……。婚約を申し込んでくれたわ。私は嬉しくて、夢見心地で返事をしたの」

とうとうナージェは、姉に婚約を申し込んでくれたのだ。

そろそろかもしれないと思っていたが、改めて姉の口から聞くと、嬉しさがこみ上げる。

だが、愛している人に婚約を申し込まれたのに、どうして姉は泣いていたのだろう。

姉の様子はとてもつらそうで、歓喜の涙には思えなかった。

促すように優しく背を撫でると、姉は少しずつ、事情を話してくれた。

「そのまま、ご両親に報告するって言われて。前々から、ホード子爵夫人には婚約を歓迎すると言われていたから、きっと祝福してくださると思っていたの。でも……」

「反対されたの？」

そう尋ねると、姉は首を横に振る。

「いいえ。喜んでくださったわ」

たしかにそうだろうと、リアナは思う。

ナージェは、ホード子爵家の三男である。

彼は王城に勤める文官で、結婚するつもりもなかったようだ。それでも両親としては、結婚してしあわせになってほしいという気持ちがあったに違いない。

相手は両親を亡くして没落寸前のカロータ伯爵家ではあるが、爵位を継ぐために必要な借金の返済も、もう少しで終わる。

あとは領地を返還してもらって、その発展に尽くせばいい。王城に文官として勤めているナージェならば、きっと良い領主になってくれるだろう。

何よりも、ナージェと姉のエスリィーは愛し合っている。

障害があるとしたら、おそらくリアナの存在で、それも自分が家を出れば解決すると思っていた。

問題は、何もないはず。

では何が、姉をここまで嘆かせたのだろう。

「……ホード子爵も、婚約を喜んでくださったの。ただ、正式に許可を出す前に、聞きたいことがあると仰って」

「聞きたい、こと？」

姉は静かに頷いた。

「ホード子爵には、昔から親しくしているご友人がいらしたの。その方は、トィート伯爵とも、親しかったそうよ」

「！」

恐れていた名前が出てきて、思わずリアナは姉の背から手を離して、両手を握りしめた。

もしかして、姉が『悪女ラーナ』と呼ばれていたことを、ホード子爵は知ってしまったのか。

「その方はトィート伯爵に頼まれて、一度だけ、彼のパートナーの女性を屋敷まで送ったことがあるそうなの。たしかに、覚えがあるわ。トィート伯爵が急用で屋敷に帰ることになって、送ってもらったことがあった」

「うん、私も覚えているわ。でも姉様は、屋敷の近くで馬車を降りて歩いて帰ったはずよ」

当時のことを思い出して、リアナはそう言った。

たしかにトィート伯爵と夜会に出かけたはずの姉が、ひとりで戻ってきたときがあった。

帰ってきた姉は、トィート伯爵の友人に送ってもらったが、どの屋敷に住んでいるのか知られたくなくて、途中で馬車を降りて歩いてきたと言っていた。

「ええ。でも彼は、ラーナの正体を知りたくて、降ろした場所周辺で若い女性がいる家はどれか、調べたらしいの」

その人もまた、友人のトィート伯爵が若い女性に騙されているのではないかと、心配したのだろう。

その結果、突然両親を亡くして、多額の借金を抱えているカロータ伯爵家の名前が挙がった。

「ホード子爵は、私かリアナのどちらかが、『悪女ラーナ』ではないかと疑っていたわ。ここまで知られてしまったからには、もう隠せない。きちんと私から真実を伝えるべきだと思ったの。でも……」

つらい日々を乗り越えて、ようやく愛する人と出会い、その彼と婚約する寸前だったのだ。

そのときの姉の気持ちを考えると、リアナも泣き出しそうになる。

「何も言えなくなった私を見て、ナージェが……」

それは妹のリアナではないかと、そう言ったようだ。

彼は、リアナと出会う前からトィート伯爵の件を知っていた。

だからあのとき、姉とリアナを見比べて、『悪女ラーナ』は妹のリアナの方だと思ったのだ。

(私にあんな態度を取ったのは、私を『悪女ラーナ』だと思い込んでいたから?)

姉と知り合い、一目惚れをして夢中になっていたときは、その噂のことを忘れていたのかもしれない。

けれど、恋人の実家がそのカロータ伯爵家であったこと。

そして妹のリアナが、姉とは違う派手な雰囲気だったこと。

『悪女ラーナ』はリアナで、その妹の存在が優しい姉を苦しめているのだと考えて、リアナに冷たい態度を取ったのだ。

初対面のときから嫌われていた理由がようやく判明して、リアナは納得した。

見た目だけで判断するなんて、と思うが、そんな情報をトィート伯爵の友人から聞いたのなら、仕方のないことかもしれない。

「すぐに否定しようと思ったの。でも、言えなくて……」

姉の瞳から、また涙が溢(あふ)れ出す。

「私はリアナを守らなくてはならないのに。あの日、留守をするお父様とお母様に、リアナを頼むって言われたのに。私は……」

「姉様……」

仕事のため、ふたり揃って外出した両親は、まだ十一歳だった妹を姉に託した。

でもそれは夜までに帰るつもりだったから、その間のことを頼んだに過ぎない。

姉だって、まだ学園に通う子どもだったのだ。

それなのに、両親は二度と帰らなかった。

でも姉はその約束を守り続けて、どんなに中傷されようとも、悪女と呼ばれようとも、この家とリアナを守り続けてくれた。

「よかった」

リアナは思わずそう口にしていた。

心からそう思っているからこそ、出た言葉だった。

「リアナ?」

「でも、もし姉様がそれは自分だと言っても、ホード子爵家の方々は信じなかったでしょうね。きっと優しい姉が、私を庇っているようにしか見えなかったはず」

姉の本来の姿は悪女とかけ離れているし、リアナは残念ながら、派手好きに見える容貌だ。

そして印象は正反対なのに、やはり姉妹なので姿形はよく似ている。

「姉様。ちょうどいいから、『悪女ラーナ』は私だったことにしましょう。そうすれば、すべて上手くいくわ」

「そんなことできないわ!」

今まで弱々しく泣いていた姉が、そう声を張り上げる。

「私のしてきたことを、あなたに押しつけるなんて……。私だけしあわせになるなんて、できるはずないでしょう?」

こんなに傷付いて、泣いていたのに、それでも妹を守ろうとしてくれている。そんな姉を愛しく思いながら、リアナは姉の手を取った。

「そんなことは言わないで。姉様は、家族を亡くして寂しかったトィート伯爵のために、彼の娘を演じていただけ。何も悪いことはしていないわ。それに、姉様は婿を迎えて、このカロータ伯爵家を復興させなくてはならない。お父様とお母様が一番望んでいるのは、そのことだと思う」

自分ではできないことだ。

両親は生前、学園に入学したことを機に、姉を正式に後嗣として登録している。カロータ伯爵だった父はもういないので、後嗣は変更できないのだ。

この国では女性は爵位を継げないが、姉の結婚した相手がカロータ伯爵になると決まっていた。

「姉様でなくては駄目なの。そして爵位を継いでもらうのは、ナージェ様が最適だと思う」

たとえ姉が『悪女ラーナ』だったと公表しても、婿入りしてくれる人はいるかもしれない。

爵位を継げない長男以外の貴族は、それなりにいる。

けれど『悪女ラーナ』に婿入りを希望する人たちが、姉をしあわせにしてくれるとは思えない。

「それに、もうトィート伯爵は亡くなっているのだから、噂など数年で消えるでしょう。その頃には、私にも良縁があるかもしれないわ」

結婚するつもりも、この家に留まるつもりもないが、こう言わなくては、姉は承知しないだろう。

そう思ったから、リアナは笑顔でそう言う。

「私も、お父様とお母様が亡くなったときの姉様と同じ歳になったわ。だから、今度は姉様がしあわせになる番よ」

そんなことはできないと泣く姉を、カロータ伯爵家の復興こそが、きっと亡くなった両親の願いであると説き伏せた。

「それに、私は姉様が婚約者と参加する夜会に、昔の姉様のような服装をして何回か参加するだけ。それで、姉様が『悪女ラーナ』だと疑う人はいなくなる。それだけの話よ」

ホード子爵が、わざわざ姉に聞いて確かめたくらいだ。きっと、『悪女ラーナ』がカロータ伯爵家の娘であることは、社交界でも噂になっているに違いない。

このままではカロータ伯爵家のためにもならないし、ナージェにも、迷惑を掛けてしまうかもしれない。

そう言って、無理やり納得させた。

それからホード子爵家では、『悪女ラーナ』の存在で少しだけ揉めたようだが、姉とナージェの婚約は無事に結ばれた。

ナージェの両親であるホード子爵夫妻は、姉のエスリィーは無関係とはいえ、あれだけ悪名高い『悪女ラーナ』が身内にいる女性と婚約しても良いのか、かなり悩んだようだ。

けれど、ナージェが両親を説得した。

自分は婿入りする立場になるので、もしこれから不都合なことがあれば、縁を切っても構わないとまで言ったようだ。

息子の覚悟に、ホード子爵は条件付きで婚約を許可した。

それは、一年後に予定されているふたりの結婚式までに、残っている両親の借金を完済すること。

そうすれば、ナージェはカロータ伯爵家を継ぐことができる。

両親を亡くし、さらに身内にあまり素行の良くない女性がいると噂されているカロータ伯爵家に婿入りするのだ。

息子の将来のために、ホード子爵家でもそれは譲れない条件だったと思われる。

両親の遺した借金はまだ残っている。

姉妹ふたりで必死に働いても、一年後にすべて支払うのは大変かもしれない。

ナージェは残りの金額を聞き、それくらいなら支援すると言ってくれたけれど、姉は妹とふたりで働いて返すからと、断っていた。

ナージェに助けてもらったら、ホード子爵の目が厳しくなりそうだし、何よりも愛する人に迷惑を掛けたくなかったのだろう。

リアナも最初から、彼に頼るつもりはなかった。

もし彼にとっては些細な金額でも、借金を返済してもらったりしたら、姉との関係が対等ではなくなりそうで、怖かったのだ。

だから、自分が頑張って仕事をして、残りの借金も返すつもりだった。

借金の返済が終わり、無事に結婚することができれば、姉にも愛する人としあわせになる未来が訪れるに違いない。

ナージェのリアナに対する態度で、彼自身に少し思うところはあるものの、そこまで愛してくれるのなら、大切な姉を託せる。

そして、姉とナージェの婚約披露パーティに、リアナは『悪女ラーナ』として参加することになった。

会場となるのは、ホード子爵家である。

本来ならナージェが婿入り予定のカロータ伯爵家で行うべきだが、屋敷は古びていて、使用人も最低限しかいない。だから今回は、ホード子爵家が取り仕切ってくれることになったのだ。

人々の視線を集めながら、リアナはゆっくりと、今夜の主役である姉とナージェのもとに向かう。

今日のリアナは、トィート伯爵の亡き娘ラーナが好んでいたという、華美で人目を惹くドレスを着ている。

トィート伯爵が亡くなってから、『悪女ラーナ』が人前に出るのは久しぶりだ。

興味本位の視線に晒されながらもそれを気にすることなく、以前の姉のようにラーナになりきって、堂々と歩いて行く。

少しだけ、世間はもう『悪女ラーナ』のことなど忘れているのではないかと期待したが、残念ながらそうはならなかった。

本日の主役である姉は、婚約者となったナージェと一緒だった。

「姉様」

彼から贈られた、清楚で上品なドレスに身を包んだ姉に、そう呼びかける。

それを聞いた周囲がざわめき、噂は本当だったのか、という囁きが耳に入る。

姉もリアナも今まで知らなかったが、あの悪女はカロータ伯爵家の娘らしいという噂は、やはり少し前から広まっていたようだ。

ナージェも知っていたくらいなので、もしかしたらトィート伯爵の友人が広めたのかもしれない。

でもこうしてリアナがラーナの装いで現れ、エスリィーを姉と呼んだからには、悪女は妹の方だと伝わるだろう。

「ご婚約おめでとうございます」

祝いの言葉を伝えて、笑みを浮かべる。

「……ありがとう」

姉は青褪めた顔をして答えた。

もちろん姉が今にも倒れそうな顔をしているのは、悪女の汚名を妹に押しつけてしまうことに対する罪悪感からだ。

けれどナージェには、姉がリアナに怯えているように見えたのかもしれない。彼は姉を庇ってふたりの間に立つ。

「姉様が婚約なんて、本当に嬉しいわ」

「そう思うのなら、もう関わらないでもらいたい」

ナージェが、姉には聞こえないように小さくそう囁いてきた。

冷たい言葉に傷付かなかったと言えば、嘘になる。

でも彼は、リアナを『悪女ラーナ』だと信じていて、そんな悪女から姉を守るために、そう言っているのだ。

だからリアナも、姉のために耐えなければならない。

(心配しなくても、そのうち私は、あの家からいなくなるから)

リアナは姉のしあわせのためなら、いつだって家を去るつもりだが、そんなことを言っても信じてもらえないのはわかっている。

それにリアナが家を出て行くと言えば、姉も納得しないだろう。

ナージェの言葉は聞こえなかったふりをして、リアナは姉に向き直る。

「お祝いは伝えたわ。疲れたから、もう帰るわね」

あまり長居すると、以前のラーナと違うと気付かれてしまうかもしれない。

だからそう言うと、呆れたような視線を背に受けながら、さっさと退出することにした。

会場から出ようとするリアナに何人か話しかけてきたが、適当に躱す。

(これで大丈夫よね?)

カロータ伯爵家の狭い馬車に乗り込んで、ひとりになると途端に不安になる。

誰にも怪しまれることなく、姉のように、『悪女ラーナ』を演じることができただろうか。

今まで一度もパーティに参加したことがないので不安だったが、きっと大丈夫だと自分に言い聞かせて、姉よりも先にカロータ伯爵家に戻ることにした。

あと何回か、姉も参加するような夜会にラーナとして参列する。そして姉が結婚したら、家を出ればいい。

姉がナージェと結婚するためには、両親の借金の完済が条件となる。

ふたりの婚約と、婿入りするナージェが爵位を継ぐ手続き。

そして王家預かりになっている領地の返還の申請。

そのために必要な、残っている借金の返還まで、すべてナージェの実家であるホード子爵家がしてくれた。

借金の返済を先にすることによって、結婚後すぐに、ナージェが爵位を継ぐことが可能になる。

その肩代わりしてもらった借金を結婚式までにホード子爵に返済することが、ホード子爵が姉とナージェが結婚するために出した条件だった。

だからホード子爵に借金を全額返済すれば、姉はナージェと結婚することができる。

だからリアナは、仕事を増やして懸命に働いていた。

姉も仕事を手伝ってくれたが、リアナはそれよりも夫となるナージェを支えるべく、領地運営の勉強に力を注いでほしいと言った。

結婚後、新婚夫婦はすぐに爵位と領地を継ぐことになる。

自分が不器用なことを知っているからか、姉は申し訳なさそうだったが、今まではひとりでカロータ伯爵家を支えてくれていたのだ。

今夜、『悪女ラーナ』として人前に出たリアナは、それが想像以上につらいことだと知った。

心優しい姉は、人々から向けられる嫌悪の視線と蔑みの言葉に、どれだけ傷付いたことだろう。

それを思えば、ナージェから多少嫌みを言われるくらい、何でもないことだ。


リアナがひとりで先に帰ってきたカロータ伯爵家は、明かりが消えていて真っ暗だった。

今のカロータ伯爵家には、最低限の使用人しかいない。

それも両親のときから仕えてくれていた人たちばかりなので、無理はしないように、夜会などで遅くなる際には、先に休んでいるように伝えている。

だからひとりで先に帰ってきたリアナを、迎え出る者は誰もいなかった。

リアナは馬車を出してくれた御者に礼を言うと、真っ暗な屋敷に戻る。

自分の部屋に戻り、ひとりで着替えを済ませると、途端に疲れを感じた。

思っていたよりも緊張していたようだ。

姉が帰ってくるまで、もう少し時間が掛かるだろう。

少し休もうかと思ったところで、部屋の中に置いてあったドレスが目に入る。

（ああ、私にはもうひとつ、姉様のためにしなくてはならないことがあったわ）

一年後に予定されている結婚式の準備もホード子爵家が仕切ってくれるが、ドレスはこちらで用意することになっている。

だからリアナは、母親から引き継いだドレスを手直しして、それに装飾や刺繍を足して、華やかに仕上げる予定だった。

こうして婚約披露パーティが開かれたからには、ドレスもなるべく早く用意しなくてはならない。

それに疲れてはいたが、初めてのパーティに参加してかなり緊張していたらしく、目が冴えてすぐには眠れそうにない。

リアナは姉が戻ってくるまで、ドレスを縫うことにした。

姉がしあわせになれるように、祈りを込めて、丁寧に針を進めていく。

集中していると、あっという間に時間は過ぎていく。

屋敷の前に馬車が止まり、姉が帰ってきたことに気が付いて、リアナはドレスを置いて立ち上がった。

「おかえりなさい」

帰ってきた姉は、たくさんの人に祝福され、ナージェにも大切にされて、しあわせそうな顔をしていた。

けれど出迎えたリアナを見た途端、その笑顔が曇る。

リアナが姉のために『悪女ラーナ』として、婚約披露パーティに参加したことを思い出したのだろう。

「……ごめんなさい。私のせいで」

「姉様」

リアナは姉の謝罪を遮って、笑顔でそう言った。

「疲れていない？　今日はもう着替えをして、休んだ方がいいわ」

まだ謝罪しようとする姉を、無理やり寝室に押し込む。

姉はこの日のために事前に準備をしてきて、今日も朝からかなり緊張していた様子だった。

きっと疲れから、すぐに眠ってしまうだろう。

そしてリアナも自分の部屋に戻る。

結婚式までは一緒にいたかったが、姉のしあわせのためには、一刻も早くこの屋敷を出た方がいいのかもしれない。

（ドレスを、早く仕上げないと……）

姉の、しあわせそうな笑顔。

そして、自分に向けられた罪悪感。

亡き両親のこと。

疲れていたはずなのに、そんなことを考えていたら眠れなくなり、リアナは朝までドレスの手直しをしていた。


それから数回。

リアナは姉とナージェが参加する夜会に、ラーナとして出席した。

「どうしてわざわざ、エスリィーと同じ夜会に参加する?」

正式に姉の婚約者となり、カロータ伯爵家にも頻繁に出入りするようになったナージェから、直接そう言われたこともある。

もちろん、姉と『悪女ラーナ』が別人であることを、広く知れ渡るようにするためだが、そんなことを彼に言うつもりはない。

「どこに行こうと、私の自由でしょう?」

彼が訪問する日は、わざわざ着替えて派手な格好をしているリアナは、そう言って挑発的に笑った。

「今後のカロータ伯爵家の評判に関わる。俺が当主となったら、もう自由にさせるつもりはない」

彼はそんなリアナに、厳しい表情でそう告げる。

それは当然だが、リアナはその前に家を出るつもりだ。

「そう。でも、まだ当主ではないわ」

だから今は自由にさせてほしい。リアナの行動は、姉の未来の幸福のために必要なのだ。

でもナージェにわかってもらう必要はない。だからそう言い返すと、彼の視線がますます厳しいものとなる。

「両親の遺した借金の返済のために、エスリィーはずっと苦労をしてきた。それなのに君は、亡くなった娘の名前を勝手に名乗ってトィート伯爵を騙し、彼の金で贅沢（ぜいたく）に遊んで暮らしていた。恥ずかしいと思わないのか？」

そんな話になっているのかと、リアナは目を瞠（みは）る。

姉が両親の借金を返済するために、苦労してきたのは事実。

だが姉を亡き娘の名で呼ぶようになったのは、トィート伯爵からである。身につけていたドレスや装飾品はすべて、その娘の持ち物だ。

派手に見えるドレスや装飾品が年代物であることにも、その当時、リアナはまだ十一歳の子どもだったことにも、ナージェは気が付かない。

彼だけではない。

きっと誰も、その矛盾を指摘することはないのだろう。

「あなたには関係ないでしょう？　それに、あまり私を邪険にすると、姉様が悲しむわよ」

それは脅しではなく事実で、ナージェがリアナを責める度に、姉は罪悪感で苦しんでしまう。

姉を悲しませないでほしい。

だから、自分のことは放っておいてほしい。

そんな願いを込めて告げた言葉も、ナージェにとっては姉を引き合いに出して脅したように思えてしまったらしい。

「卑怯なことを。亡きご両親も、君には失望しているだろう」

「……そうでしょうね」

自嘲気味にそう笑い、リアナは彼のもとを離れた。

悪意のある言葉にさすがに胸が痛いが、これは姉が、五年間ずっと経験してきたことだ。

ラーナとして人前に出たときに向けられる、侮蔑に満ちた視線。そして一部の男性の好色な視線。

姉が耐えてきたのだから、自分も頑張らなくてはならない。

姉のしあわせのためなら、これくらいは何でもないと思っていた。

けれど、これで大丈夫だと思っていた姉の未来に、暗い影が差し込む。

姉は結婚式の準備に領地運営の勉強と、忙しい日々を過ごしていた。

リアナはそんな姉に頼み込んで、ほとんど仕上がったウエディングドレスの試着をしてもらっていた。

「あら？」

シンプルなドレスに施された豪奢(ごうしゃ)な刺繍に感激していた姉だったが、リアナはドレスが少し大きいことに気が付いて、首を傾げた。

姉が婚約したばかりの頃に試着してもらったときは、ぴったりだったはずだ。

「姉様、少し痩せた？」

「……そうかもしれない。忙しかったから」

そう答える姉の顔色も、あまり良くない。

たしかに最近の姉は、いつも忙しそうだ。

「無理をしては駄目よ。姉様の健康が一番だからね」

「そうね。わかっているわ」

心配してそう言ったが、姉は大丈夫だと笑っていた。

だが、それから姉はどんどん痩せていき、体調を崩して寝込むことも増えた。

「お医者様に……」

「駄目よ。お金が掛かってしまうわ」

青褪めた顔をしながらも、姉は首を横に振る。

姉とナージェが婚約したとき、両親の遺した借金は、まだ少し残っていた。

爵位継承と領地返還は、両親の遺した借金の完済が条件だったので、それを一時的にホード子爵家が立て替えてくれたのだ。

そのお陰で領地返還の準備は順調に進んでいて、姉が結婚するときには、爵位継承と領地返還が許されるだろう。

その立て替えてもらった借金を、一年後に予定されている結婚式までに全額返済すること。

それが、姉とナージェの婚約を認めるために、ホード子爵が出した条件だった。

だから借金の返済が遅れたら、それだけ結婚式も先延ばしになってしまう。

あまりにも時間が掛かってしまったら、婚約そのものが解消されるかもしれない。

不器用であまり仕事をすることはできない姉だったが、それでも必死にできることを探して、少しずつお金を貯めているようだ。

お金を稼ぐのはとても大変なこと。

そして医者に掛かってしまえば、そのお金も簡単になくなってしまうことを、姉はよく知っていた。

だから、少し風邪を引いただけ、寝ていれば治るからと言われると、無理に医者を呼ぶこともできずに、様子を見ることにした。

けれど、その間にも姉の様子は悪化するばかり。

婚約者はなぜ、こんなに姉が痩せていくのに気が付かないのか。

そう怒りをあらわにすると、姉は自分が隠しているからだと、ナージェを庇う。

痩せた体をゆったりとした衣服で隠し、食欲がないことを、結婚式に向けてダイエットをしているのだと言って、誤魔化していたのだと言う。

「このままでは、結婚式前に倒れてしまうわ。私が必ず、借金を返してみせる。だから、お医者様を呼びましょう?」

「でも……」

「姉様が元気にならないと、結婚式も延期されてしまうかもしれない」

懸命に説得して、何とか承知してもらい、リアナは今まで貯めていた賃金で、医師を呼ぶことにした。

いくらお金がなくとも、未婚の貴族の女性を、平民の医師に見せるわけにはいかなかった。

両親が生きていたときに付き合いのあった女性医師に依頼して、翌日には屋敷に往診に来てもらうことができた。

母と同じ年頃の女性医師は、アマーリアと名乗った。彼女は姉を丁寧に診察したあと、難しい顔をしていた。

最初はきちんと受け答えをしていたのに、長い診察で疲れてしまったのか、姉はいつの間にか眠ってしまったようだ。

今までの姉なら、人前で眠ってしまうことなどなかった。

体力が落ちているのかもしれない。

眠っている姉をその場に残して、応接間に移動する。

アマーリアが厳しい顔をしているので、リアナも落ち着かなかった。

「先生、姉は……」

ソファに座るなり、そう質問する。

「少し、難しい病気です」

アマーリアはそう言って、気の毒そうにリアナを見た。

貴族では珍しいが、体が弱い女性が罹りやすい病気らしい。

徐々に体が弱って痩せていく。次第に立つこともできなくなり、最後には視力まで衰えてくる。

そんな残酷な病状の進行を説明してくれた。

そしてほとんどの患者が、そのまま衰弱して亡くなってしまうらしい。

「姉様が……」

リアナは震える手をきつく握りしめた。

「ありません。少し前までは不治の病でしたが、よく効く新薬が開発されました。ただ、新薬なので……」

とても高価な薬だという。

「お願いします。お金は必ず用意します。姉に、その薬を用意していただけませんか。姉はもうすぐ結婚するんです」

リアナは、アマーリアに何度も頭を下げた。

何とかしてあげたいけれど、と彼女も悩ましい顔をする。

とても高価な薬なので、前金でなければ買えないらしい。

それに、まずは三十日くらい飲んでみて、効果があるかどうか確かめなくてはならない。

その後、きちんと効果が表れたら、そのまま服薬を続けることになる。

今までの症例から、完治には一年ほどの期間が必要なようだ。

そして一年分の高価な新薬の代金は、両親の遺した借金と同じくらいの金額が必要となる。

「そんなに……」

さすがに驚いたが、姉の命には代えられない。

どんなことをしてもお金を用意して、姉の病気を治さなくてはならない。

「まず三十日、薬を試すところから始めてみますか?」

「はい。お願いします。薬代は、必ず用意します」

薬を取り寄せるのに、五日ほど必要らしい。

その五日後に、また往診に来てもらうことになった。最初の三十日分の薬代は、そのときまでに用意しなくてはならない。

「では、また五日後に」

「はい。どうぞよろしくお願いします」

リアナは女性医師のアマーリアを送り出して、姉のもとに戻った。

姉は、憔悴した顔で眠っている。

「……どうして」

思わずそう呟き、リアナは爪が食い込むくらい、両手をきつく握りしめる。

散々苦労してきた姉が、ようやくしあわせになろうとしている。それなのに、どうして姉がそんな病気にならなければならないのか。

「私だったらよかったのに」

涙が頬を伝う。

声を上げそうになって、リアナは急いで部屋から出た。姉が起きてしまったら、泣いているリアナを見て、不安になるだろう。

自分の部屋に駆け込み、声を押し殺して泣いた。

（お父様、お母様……。姉様を、助けて……）

けれどどんなに呼んでも、父と母が答えてくれることはない。

どのくらい、そうしていただろう。

泣くだけ泣いたら、気持ちも少し落ち着いてきた。

今、姉を助けることができるのは、自分だけ。

これからどうしたらいいのか、冷静に考える。

ナージェに姉の病気のことを打ち明ければ、彼は何としても薬代を用意してくれるだろう。

悪女だと信じているリアナには辛辣だが、姉のことは心から愛している。

だが薬代のためとはいえ、また多額の借金を背負うことになったら、王家は爵位と領地の返還を許さないだろう。

そして継ぐべき爵位も領地もなくなってしまえば、ホード子爵はふたりの婚約を解消させる可能性が高い。

もともとナージェの熱意にほだされただけで、ホード子爵はカロータ伯爵家の未来を危ぶんでいた。

病気を治すだけではない。姉の未来のしあわせも守ろうと思えば、彼らに頼ることはできない。

姉を救えるのは、自分しかいない。

リアナは涙を拭いて、顔を上げた。

途方もない金額だが、それこそ五年前の姉と、年齢も必要な金額も同じである。

「絶対に、姉様を完治させてみせる」

姉のためなら、何でもする。

そう強く決意した。

幸いなことに、姉はぐっすりと眠っていて、なかなか目覚めなかった。

リアナはその間に自分の部屋に行って顔を洗い、化粧をして、泣いた跡を誤魔化す。それから姉の部屋に戻ると、ようやく姉が目を覚ましたようだ。

「姉様、大丈夫？」

すぐに駆けつけて、様子を窺う。

「ええ、平気よ。お医者様は？」

「忙しいようで、もう帰られたわ。姉様は色々とあって、疲れが溜まっていたみたいね」

不安そうな様子の姉に、リアナはそう伝えた。

「疲れ？」

もしかしたら大きな病気かもしれないと思っていたらしく、姉はその言葉に安堵した様子だった。

その姿に罪悪感を覚えるが、本当のことを伝えたら、姉はけっして治療を受けてはくれないだろう。

だから、リアナはわざと明るく告げた。

「そうよ。五日後にまた来てくださるわ。疲労によく効くお薬を持ってきてくださるから、必ず飲んでね」

薬と聞いて、姉の顔が曇る。

「ただの疲れなら、薬は必要ないわ」

「駄目よ。疲労を甘く見てはいけないと、お医者様も仰っていたわ。それに、そんなに高くない薬だから大丈夫。私の裁縫の仕事で支払えるくらいだから」

薬といっても足りない栄養素を補給してくれるようなもので、一年くらい飲み続ければ必ず体調が良くなるからと、懸命に説得した。

「でも、借金もまだ残っているのに……」

一年後の結婚式までに、残った両親の借金をすべて返さなくてはならない。姉は、それを一番気にしているようだ。

「心配しないで。最近は、刺繍がよく売れるの。作るのが追いつかないくらいよ。姉様のことが心配なの。だから、私のために必ず飲んでね」

そう言って、ようやく承知してもらった。

医師は、一年ほど飲み続ければ完治するのではないかと言っていた。

そして姉の結婚式も一応、一年後に予定されている。

結婚式までに必ず姉の病気を治してみせる。

元気になって、愛する人としあわせな結婚をしてほしい。

(そのためなら、私は何だってするわ)

もう少し休むようにと言って姉の部屋を出たリアナは、これからのことを考える。

体力をつけるためにも、もう少し栄養のあるものを食べさせた方が良いだろう。

姉は華奢で、とてもか弱く見える。

リアナは同じものどころか、姉よりも食べる量は少ないのに、なかなか大人びた体型になってしまった。

そのせいで年齢よりもかなり上に見られ、自分だけ遊び回っているのではないかと、ナージェに誤解されてしまっているのだろう。

でも、今はそれが役に立つかもしれない。

(食事代を今よりも少し多めに……。あとは……)

リアナは、これからの予定を改めて書き出してみる。

まず、五日後にまた女性医師のアマーリアが往診に来てくれる。そのときに、三十日分の薬代を支払わなくてはならない。

もし薬の効果があれば、それを一年ほど飲み続けることになる。

最初の三十日分は、今までの蓄えや、所有している僅かな宝石類を売れば、何とかなるだろう。

中には最後まで手元に残しておいた母の形見の品があるが、姉の命には代えられない。

それに、カロータ伯爵家に代々伝わる宝石などは、すべて後継者である姉が所有している。それだけ残してあれば、両親も納得してくれるに違いない。


そして五日後に、約束通りにアマーリアが往診に来てくれた。

彼女を馬車で迎えに行ったリアナは、何とかかき集めたお金で、三十日分の薬代を支払う。

このために、ドレスや装飾品もほとんど売り払い、借金返済のためにコツコツ貯めていたお金もすべて使い切ってしまった。

また明日から、寝る間も惜しんで働かなくてはならないだろう。

「姉様には、病気のことを言わないでください」

馬車の中でそう言うと、アマーリアは驚いたようにリアナを見た。

たしかに普通なら、リアナひとりで用意できるような金額ではない。

「ですが……」

「薬代なら、三十日後までに必ず用意します。姉には婚約者がいます。でも、もし病気のことが知られてしまったら、婚約を解消されてしまうかもしれないのです」

それに姉は、薬代のことを聞いたらきっと治療を諦めてしまう。

彼女も両親の知り合いの医師なので、姉が結婚しなければ爵位も継げず、借金を完済しなければ領地も返還されないことを知っているのだろう。

「わかりました。上手く話しておきます」

アマーリアはしばらく考え込んでいたが、最後にはそう言ってくれたので、ほっとする。

最近は仕事と勉強を控えてなるべく休ませ、食事は栄養のあるものを意識して出していたので、少しは良いようだ。

でもやはり顔色は悪く、一刻も早く治療を開始したいところだ。

問題は、一年分の薬代である。

それは亡き両親が遺した借金と、ほとんど変わらないくらいの金額になる。

普通に働いて何とかできるような金額ではないことは、リアナにもわかった。

（あれだけあった両親の借金を無事に返済できそうなのも、トィート伯爵がいてくださったからだわ）

姉と若くして亡くなった娘を重ね合わせ、亡き娘の名前で呼んだりしていたが、見返りは何も求めず、姉に遺産の一部まで渡してくれた。

そんな人は、貴族でも稀（まれ）である。

だからリアナが、姉と同じようなことをしようと思っても、それは不可能だろう。

（本当の愛人でも構わない。それで姉様が救えるのなら……）

それに、薬代だけではない。

残りの借金も、一年後に予定されている結婚式までに支払わなくてはならない。

結婚してからも、返還された領地を運営していくためには、それなりのお金が必要となるだろう。

姉には体力をつけるためにも、今までよりも栄養のあるものを食べてほしい。

こうして考えると、お金はいくらあっても足りないくらいだ。

幸いなことに、今のリアナは『悪女ラーナ』である。

派手な装いをして夜会に出れば、それらしいお誘いはいくらでもあるだろう。

それに、姉の身代わりになると決めたときから、普通のしあわせは諦めている。

（お父様とお母様が亡くなった時点で、貴族としての私の人生は終わっていた。それを今まで長らえさせてくれたのは、姉様だわ）

姉のためなら、何でもしようと決意していた。

「五日前よりは、少しは良さそうですね」

診察したアマーリアは、そう言って姉を安心させてくれた。

「そうですか。ありがとうございます」

表情を緩ませて礼を言う姉の姿に、胸が痛む。

「疲労なら、このまま体を休めていれば治りますよね？」

あのときは承知してくれたが、やはりあまり薬は飲みたくないようで、姉はそう言って医師の様子を窺っている。

「そうですね。ですが、体が弱っているだけでもやはり治療は必要です。例えば、若い女性ですと、これから妊娠することも難しくなってしまうかもしれません」

体を丈夫にしないと、子どもを授かることはできないかもしれない。

そう言われた姉は、顔色を変えた。

結婚を控えている身としては、そう言われてしまったら、やはり気になるのだろう。

「薬で、何とかなりますか？」

「はい。きっと良くなりますよ」

アマーリアは優しく微笑んで、試しに三十日くらい飲んでみて、体調が良くなるようなら、一年ほど続ける必要があることを説明してくれた。

真剣に話を聞いている姉の様子から察するに、ちゃんと薬を飲んでくれるだろう。

上手く誘導してくれたことに感謝しながら、リアナは余計な口を挟まずにその様子を見守る。

「そのお薬の代金は、どのくらいでしょうか？」

おそるおそるそう尋ねた姉に、アマーリアはにこやかに答える。

「妹さんからもう頂いているので、大丈夫ですよ。彼女のためにも、きちんと服用してくださいね」

そう言って、さっそく薬を三十日分、置いていってくれた。そしてまた三十日後に往診に来てくれると約束してくれた。

あとは、三十日後までに、一年分の薬代を用意しなくてはならない。

もう手段は選んでいられない。

リアナは覚悟を決めて、姉の出席していない夜会にも、悪女の装いをして参加することにした。

けれど、実際に男性に声を掛けられると怖くて、つい逃げてしまう。

大人びて華やかな顔立ちをしているのでまったく気付かれないが、リアナはまだ十六歳である。

必死に悪女を演じていても、今まで男性と話したことすら、ほとんどなかった。

（こんなことでは駄目だわ。姉様のために、頑張らないと……）

そう思って、さらに参加回数を増やした。

姉には、友達ができたので、会いに行きたいからと説明してある。

今夜も、とある伯爵家で開かれるパーティに参加する。

もちろん、ひとりで参加するつもりだった。

でも姉は、未婚の女性がひとりで参加するのは危ないのではないかと心配してくれて、義兄になるナージェにエスコートを頼んでしまったようだ。

　彼は嫌そうだったが、姉の頼みを断ることができず、苦い顔をしながらもエスコートしてくれることになった。

（いくら悪女ラーナがカロータ伯爵家の妹の方であると知られているとはいえ、私とはなるべく関わり合いたくないだろうに……）

　どちらにも得のないことだが、姉が大切にされているのを目の当たりにすると、やはり安心する。

　さっそく、会場に向かうことになった。

　カロータ伯爵家の馬車は小さく、ふたりで乗るには窮屈である。

　だからホード子爵家の馬車で迎えに来てくれたナージェは、リアナが馬車に乗るなり、苦々しく忠告した。

「最近は、随分と派手に遊び歩いているようだな」

「……ええ、そうね」

　嫌悪を隠そうともせずにそう言われても、リアナは姉の薬代のことで頭がいっぱいで、ほとんど聞き流していた。

　それが気に入らなかったようで、ナージェはさらに声を荒らげる。

「エスリィーは借金返済のために、必死に頑張っているというのに。君は、贅沢な暮らしが忘れられなくて、トィート伯爵に代わる愛人でも探しているのか？」

「そうね。むしろ、彼よりも裕福な人がいいわ」

探しているのは事実なのでそう言うと、彼は呆れたように溜息をつく。

「カロータ伯爵家の評判を落とすような真似はしないでくれ。これまで必死にカロータ伯爵家を守ってきたエスリィーに、申し訳ないとは思わないのか？」

「姉様にとっても、私がずっとカロータ伯爵家に居座るよりは良いと思うわ」

もちろん姉は、そんなことは言わない。

むしろリアナが好きな人と出会って結婚するまでは、ずっと一緒に暮らそうと言ってくれている。

でもナージェは、リアナがすぐにでも家を出ることを望んでいた。だからこう言えば、もう邪魔はされないと思っていた。

「……結婚相手を探しているのか？」

訝しげな様子に、頷く。

「そういえばトィート伯爵が、君の結婚相手を探していたな。自分の愛人を誰かに押しつけるつもりかと、当時はかなり話題になっていたが、あれは君の希望だったのか」

そんなこともあったと、リアナは曖昧に頷いた。

トィート伯爵は厚意からそうしていたのだろうが、ナージェの言うように、当時の姉は彼の愛人だと思われていたのだ。

姉の将来を思ってくれたのだろうが、トィート伯爵の探した結婚相手では、姉はしあわせにはなれなかっただろう。

「私の条件を満たしてくれるのなら、結婚じゃなくても構わないけれど」

「条件とは？」

「お金よ」

そう言うとナージェはますます呆れた様子だったが、姉の薬代を支払えるのなら、どんな関係でも構わなかった。

そして、それを他の誰にも理解してもらいたいと思わない。

パーティでは、複数の男性に声を掛けられた。

驚いたことに、ナージェも何人か紹介してくれた。

リアナが家を出るために相手を探していると聞き、早くそうしてもらいたいと思ったのかもしれない。

でもナージェが紹介してくれるのは、普通の貴族の男性で、姉の薬代を得たいリアナの条件には合わなかった。

むしろ、良い縁談とも言えるような相手だ。

もしリアナに事情がなければ、喜んで受けていたかもしれない。

リアナが望んでいるのは自分のしあわせではなく、姉のしあわせである。

(でも、駄目なのよ……)

「彼らの何が気に入らない？」

帰りの馬車の中で、ナージェにそう言われたが、もちろん彼らに非はない。

「私にはお金が必要なのよ」

結婚相手の条件にお金と答えたリアナに、ナージェは嫌悪をあらわにしていたが、彼の反応など気にしてはいられなかった。

その後も何回かパーティに参加したが、話しかけてくるのは若い男性ばかり。

噂の悪女の正体を知られたことで、カロータ伯爵家の娘だったのかと、かえって声を掛けてくる者が増えたようだ。

姉がホード子爵家のナージェと婚約し、ふたりで王家預かりになっている爵位と領地を継ぐことは、婚約披露パーティでも告げられていた。だから、リアナを通してホード子爵家との繋(つな)がりを求めている者もいる様子である。

ホード子爵家は、爵位こそ子爵だが由緒ある古い家柄で、縁戚には侯爵家や伯爵家も多い。

中には断るのが申し訳ないと思うくらい、真摯に交際を申し込んでくれた人もいたくらいだ。

このままでは、間に合わないかもしれない。

焦るリアナだったが、そんなとき、ナージェからとある縁談が持ち込まれる。

この日もあるパーティに参加する予定だったリアナは、最初は彼のエスコートを断ろうと思っていた。

義兄になる彼が目を光らせているせいで、なかなか愛人を囲っているような男性と話す機会がなかった。

けれど迎えに来たナージェは、有無を言わさずリアナを馬車に乗せると、そのままホード子爵家まで連れてきた。

「パーティに遅れてしまうわ。エスコートはいらないから、行かせて」

そう言ったが、ナージェはリアナを応接間に連れて行くと、座るように促した。

「私に文句を言いたいのなら、あとにして」

リアナには時間がないのだ。

必死に訴えるリアナに、ナージェは静かにこう告げる。

「君に、縁談の申し込みがあった」

「え？」

縁談の申し込みなら、これまでもいくつかあった。

しかしリアナは、すべて断ってきた。どんなに良縁だろうと、リアナの目的を達成できないのであれば、意味はない。

リアナは、自分がしあわせになりたいわけではないのだから。

ナージェは、リアナが今までいくつも縁談を断ってきたこと。そして目的がお金であることも知っているはずだ。

それなのに、わざわざホード子爵家に連れてきて話すほどの内容なのか。

どうやらきちんと話を聞かなくてはならないようだと、リアナは抗議をやめてナージェを見た。

「どなたからですか？」

「キリーナ公爵家の当主、カーライズ様だ」

リアナは驚き、目を瞠る。

悪女と噂される自分のもとに、まさか公爵家からの縁談が持ち込まれるとは思わなかった。

歳の離れた公爵から後妻に望まれるのならまだしも、キリーナ公爵家の当主であるカーライズはまだ爵位を継いだばかりで、年齢もナージェとそれほど変わらないはずだ。

「どうして……」

それほど不相応な縁談を、喜べるはずもない。

警戒するリアナに、ナージェは淡々と説明してくれた。

「カーライズ様は、トィート伯爵と顔見知りだった。彼の生前、『ラーナ』との縁談を持ちかけられたこともあったそうだ」

トィート伯爵が、姉の結婚相手を探していたことは知っていた。けれどまさか、公爵家にまで声を掛けているとは思わなかった。彼は本当に、姉を娘のように思ってくれていたのだろう。

もし姉が自身の愛人と呼ばれ、蔑まれていたと知れば、すぐに噂を訂正し、姉の名誉を回復させてくれたに違いない。

しかし、そんな噂をトィート伯爵の耳に入れる者はいなかった。

だから姉が、きちんと訴えるべきだったと、今なら思う。

「表向きは恩あるトィート伯爵に報いるため、生前彼が勧めた縁談を、承知したことにするようだ」

リアナの思いも知らずに、ナージェは言葉を続けた。

「表向き？」

「そう。彼に、結婚する意思はない。けれど公爵家の当主として、妻を娶る必要があった。そのために、条件を満たす相手を探していたようだ」

どうやら契約結婚らしいと察して、リアナは少しだけ落ち着いた。

そうでなければ、公爵家の若き当主が、悪女と噂されている自分に結婚を申し込むはずがない。

「その条件とは？」

冷静にそう尋ねたリアナに、ナージェは少し驚いた様子だった。けれど気持ちを切り替えるように、手元にある書類を読み上げる。

「婚約後、すぐに結婚すること。結婚式、披露パーティは不要であること。契約期間は一年間。その後、速やかに離縁に応じること」

さらに、結婚期間中はキリーナ公爵邸に住んでもらうことになるが、カーライズとは接触しないこと。

夜会、パーティなどでもエスコートはしない。

ただし、ひとりで参加するのは自由。できれば、今まで通り派手に遊び回っていてほしいらしい。

（恩のあったトィート伯爵の願いで仕方なく妻を娶ったけれど、噂通りの悪女で、一年で離縁した、ということにしたいのね）

結婚して同じ屋敷に住みながら、顔も合わせたくないようだ。しかも、たった一年で離縁するつもりらしい。

いくら相手が噂の悪女でも、かなり自分勝手な申し出だ。

現にナージェも、説明しながら苦い顔をしている。

「キリーナ公爵夫人となり、贅沢に遊び暮らせるだろうが、その期間は一年間だけ。しかもそんな理由で公爵家に離縁されてしまったら、もう二度と社交界に出られなくなるだろう」

一応説明をしてくれているが、リアナにこの結婚を強制するつもりはないようだ。

むしろ高望みなどせずに、普通の相手とまともな結婚をしろと言いたいらしい。

リアナを嫌っているのは間違いないが、それでもどんな相手でもいいから放り出すようにして嫁がせるつもりはないようだ。

けれど、ここまで身勝手な条件を結婚相手に求めるのであれば、きっと見返りもあるだろう。

しかもキリーナ公爵家といえば、かなり裕福である。

「見返りは？」

そう尋ねると、ナージェは呆れたような顔をしながらも、一枚の紙をリアナに差し出した。

「結婚が成立すれば、すぐにこの金額を支払うそうだ」

予想を遥かに超えた額に、リアナは息を呑む。

（こんなに？）

そこに記された金額は、さすがに女性ひとりの人生を左右することになるとわかっているからか、かなりのものだ。

（これだけあれば、姉様の薬が買える……）

それどころか、残った借金を支払い、さらに姉の新生活のための資金も残せるかもしれない。

姉の命を救えるのならば、リアナの将来などどうなっても構わない。

むしろ、姉が結婚したら修道院に入って、子どもたちの面倒を見て暮らそうと思っていたくらいだ。

食い入るように書類を見つめていたリアナは、顔を上げてナージェを見る。

「このお話、お受けいたします」

きっぱりとそう告げる。

両親が亡くなったあの日から今まで、姉はずっとリアナを守ってくれていた。

だから今度は、リアナが姉とカロータ伯爵家を守る番だ。

そのためなら、愛人という扱いでも良いと考えていたリアナにとって、契約結婚はむしろ好条件だった。

でも、その答えはナージェにとって予想外だったらしい。彼は驚いた様子で、リアナを見つめた。

「いくら相手が公爵家でも、こんな条件の結婚を受けるというのか？」

「ええ。私にとっても都合が良いの。早く話を進めてくれると嬉しいわ」

姉が薬を飲み始めてから、もう一週間ほど経過している。

最初は効果が出るのか不安だったが、少しずつ体調は良くなっている様子だった。

食事の量も増え、寝込む日も減ってきた。

薬の効果が得られたことは、リアナにとって朗報だった。

姉も薬の効果を実感しているようで、リアナが言わなくてもきちんと服用しているようだ。

このまま治療を続ければ、きっと姉は回復するだろう。

だから何としても、半月後までに一年分の薬代を用意しなくてはならない。

「……借金でもしているのか？」

リアナがあまりにもお金に拘るからか、ナージェはそう尋ねてきた。

「借金なら、姉様だってずっとしているわ」

そもそもカロータ伯爵家が、借金まみれだったのだ。

「君とエスリィーは違う。エスリィーは、カロータ伯爵家と君を守るため頑張ってきた。それなのに君は、その間も遊び歩いていたのだろう？」

だがナージェはリアナが、トィート伯爵が亡くなったあとも、派手な暮らしが忘れられなくて遊び回っていたのだと勘違いしたようだ。

そのせいで返せないほどの借金を背負って、こんな条件の結婚話に飛びつくくらい、困っているのだと。

「……」

あまりにも悪意のある解釈に、思わず黙り込んでしまう。『悪女ラーナ』は、よほど世間から嫌われていたようだ。

この悪意に姉が晒されなくてよかったと、ひそかに胸を撫で下ろす。

「あなたも、私がさっさといなくなった方がいいでしょう？　だから、この話を引き受けてください。ただ、姉様には契約結婚だということは、絶対に言わないで」

契約結婚だなんて知れば、優しい姉は絶対に反対するだろう。

無理に結婚などしなくても良い。ずっと一緒に暮らそうと言ってくれるに違いない。

けれどナージェはまた、その言葉も違う意味に受け取ったようだ。

「高位貴族に嫁ぐのだと自慢したいようだが、エスリィーは、たとえ公爵家との縁談でも羨ましがったりはしない」

「え……」

とっさに彼の言葉を理解することができなくて、リアナはナージェを見つめた。

(何のこと？　まさか私が、公爵家に嫁ぐことを姉様に自慢するために、契約結婚のことを口止めしたと思ったの？)

ナージェがリアナのことを嫌っているのは、知っていた。

でも、リアナと姉の仲が良いことは、普段のやりとりでナージェにもわかっていたはずだ。

だから、そこまで悪意のある受け取り方をするとは思わなかった。

「そもそも一年で離縁される予定だろう。カロータ伯爵家の恥となるから、離縁されても戻ってこないでくれ」

呆然(ぼうぜん)とするリアナに、ナージェは続けてそんなことまで言う。

もともと、戻るつもりなどない。

一年が経過して、姉が元気になったことを見届けたら、王都から遠く離れた修道院に行こうと思っていた。

けれど彼の言葉で改めて、もうカロータ伯爵家の当主はナージェになるということを実感した。

そうなったら、もうリアナの実家ではなくなるのだ。

「……わかったわ。離縁されても、二度と家には戻らない。それでいいでしょう？　このお話を進めてください」

一年後、離縁されたあとにもう一度だけ屋敷に戻り、元気になった姉の姿を見ることができたらと思っていたが、どうやらそれも叶わないようだ。

でも、姉が元気になってしあわせになってくれるのなら、それでいい。

それで充分だと思い直して、リアナはナージェにそう告げる。

彼はまだ何か言いたそうだったが、リアナはもう彼の顔も見なかった。

無言のまま屋敷まで送ってもらい、礼も言わずに馬車を降りる。

非礼だとは思うが、どうせ自分は『悪女ラーナ』だ。

丁寧に礼を言っても、何かを企んでいるとしか思われないだろう。

姉はもう休んでいるそうなので、そのまま自分の部屋に戻り、ひとりで着替えを済ませる。

（荷造りをしないと……）

部屋の中を見渡して、そう思う。

あと半月後には、一年分の薬代を支払わなくてはならない。

でもキリーナ公爵は、婚約したらすぐに結婚することを希望していた。そして結婚後に報酬を支払ってくれるそうだから、間に合うだろう。

だがそれは、この屋敷ともお別れだということだ。

(でも姉様は、きっとこれからしあわせになれる)

そう思うと、寂しさも薄れていく。

ナージェは、相手のキリーナ公爵に返事をしてくれただろうか。

向こうからの申し出なので、リアナさえ承知すれば、すぐに話が進むに違いない。

いつキリーナ公爵に呼び出されるかもわからないので、荷物をまとめておくことにした。

一番大きな鞄を取り出して、私物をひとつずつ詰め込んでいく。

だが、リアナ自身の持ち物はほとんどない。

両親が遺してくれた形見の宝石も、姉の薬代のために売り払った。

姉よりも背が高くなってしまったので、お下がりは着られず、最近はトィート伯爵の娘のドレスを借りて着ていた。

向こうで着る服がないのは困るので、何着か借りていくことにする。

(あとは……)

残っているのは、もう着られない服だけ。

子どもの頃の服は、両親が買ってくれた思い出を失いたくなくて大事にしまっていた。

だが、一年後には住む場所もなくなるかもしれないので、もう着られない子どもの服を、いつまでも大切に取っておくわけにはいかない。

処分しようか迷ったが、この服を再利用して、いつも手伝いに行っている孤児院の子どもたちの服を作ろうと思い立ち、持っていくことにした。

向こうではすることがあまりないだろうから、こうして縫い物をしていれば、少しは気が紛れるかもしれない。

それほど時間も掛からず、リアナの荷物は鞄ひとつに収まってしまった。

そのまま眠る気にもなれず、窓の外に広がる夜空を見上げながら、ここで過ごしてきた十六年を思う。

年月が経過するにつれ、次第に薄れてきた両親の顔を、忘れないように何度も思い出しながら。


キリーナ公爵家から正式に婚約の申し入れがあったのは、それから十日後のことだった。

すぐに連絡が来ると思っていたのに、十日も経過してしまって、リアナはかなり焦っていた。

あと五日後には、姉の薬代を支払わなくてはならない。

慎重に姉の体調を窺っていたが、副作用もなさそうで、最近は起きている時間も増えた様子だった。薬は確実に効いているのだろう。

(完治してもらうためにも、何とかこれからの薬代を用意しないと……)

もちろん待っている間も、常に仕事をしていた。その賃金はすべて、借金の返済のために貯めている。

それでも、目標額には全然足りていない。

「リアナ、ちょっといいかしら」

今日も部屋にこもって縫い物の仕事をしていると、姉が部屋を訪ねてきた。

「姉様！」

体調を崩してから、ほとんど自分の部屋からも出られなかった姉が、こうして訪ねてきてくれた。

そのことを喜びながらも、姉の体が心配で、慌てて駆け寄る。

「どうしたの？　何か用事があるなら、呼んでくれたらいいのに」

「大丈夫。最近は少し体調がいいの。リアナが買ってくれた薬のお陰よ」

姉はそう言って、リアナが慌てて用意した椅子に座る。

「実は、ナージェが話していたのを少し聞いてしまったのだけれど、あなたに婚約を申し込んでくれた人がいるみたいなの」

「え？」

姉のためにお茶を淹れようとしていたリアナは、姉の発言に驚いて、危うくカップを落としてしまいそうになった。

「私に？」

「ええ、そうよ」

姉はにこやかに頷く。

ナージェが話していたのだとしたら、それはキリーナ公爵家からの申し出だろう。

でも姉は嬉しそうなので、契約結婚だということは聞いてない様子だ。

姉が聞けるような場所でその話をしていたナージェの迂闊さに呆れながらも、楽しそうな姉の様子に安堵した。

「どなたから？」

「それがね、何とキリーナ公爵家からなの」

「公爵家？」

他の話だったらどうしようかと思っていたが、リアナに契約結婚を持ちかけてきた相手だったようで、ほっとする。

「リアナはお友達に会うために、何回かひとりでパーティに参加していたでしょう？　きっとそこでリアナを見初めたのよ」

「そうかしら……。そんなことが……」

「近いうちに、ナージェから話があるかもしれないわ。リアナがしあわせになれるなら、私は大賛成よ」

嬉しそうな姉の笑顔に、罪悪感が募る。

姉は相手が公爵家だということよりも、リアナを見初めて婚約を申し込んでくれたことが、嬉しくて仕方がないようだ。

「……そうね。楽しみにしているわ」

だからリアナも、できるだけ嬉しそうに見える笑顔で、姉の言葉に頷いた。


そうして、翌日。

姉が話していたように、正式にキリーナ公爵家からリアナに、婚約の申し込みがあった。

リアナは迎えに来たナージェに連れられて、縁談の詳細を聞くためにホード子爵家に向かう。

姉の結婚によってホード子爵は姉の義父になるので、キリーナ公爵は彼を通して婚約を申し込んできたようだ。

姉も一緒に行きたがっていたが、まだ体調が万全ではないので、屋敷で待っていてもらうことにした。

妹に婚約の申し入れがあったことを心から喜ぶ姉を、ナージェは愛おしそうに見つめている。

リアナには皮肉そうな視線を向けるのは、自分が言ったように、姉がリアナの婚約を心から喜んでいるからだろう。

でもリアナは最初から、姉に自慢したいなんてまったく思っていない。姉がリアナの婚約を、心から喜んでくれるのだって、わかっていた。

だからそんなナージェを無視して、顔を窓の外に向けている。

このまま偽装結婚の手続きをするように言われても大丈夫なように、数日前にまとめた荷物も、一緒に持ってきている。

姉とこのまま別れてしまうのは寂しいが、屋敷に戻れば結婚式の予定や、相手がどんな人だったのか聞かれるだろう。

でも、実際は相手と顔合わせの予定すらない。もちろん、結婚式を挙げる予定もなかった。

それを聞いたら姉は、絶対にリアナの結婚に反対するだろう。

だから、これで良いのかもしれない。

気掛かりは姉の病状だが、女性医師のアマーリアに頼んで、診察の度に様子を教えてもらえるように頼んでいる。

リアナは、外に出て見送ってくれた姉と生まれ育った屋敷が見えなくなるまで、馬車の窓から見つめていた。

やがてホード子爵家に到着し、ナージェはリアナのエスコートもせずにさっさと降りていく。

さすがに見かねた御者が、手を貸してくれた。

最後までこの態度だと、かえって清々しいものだ。

姉と別れるのは寂しいが、彼とももう会わずに済むかと思うと、ほっとする。

義兄になる人だし、問題だらけのカロータ伯爵家を継いでくれることには感謝しているが、ここまで自分を嫌っている人と一緒に暮らすのは、やはり無理だったかもしれない。

もし姉の病気のことがなくとも、早々に家を出ていただろう。

リアナはメイドに案内されて、ホード子爵が待つ部屋に向かった。

先に馬車を降りたナージェは、もう到着している。

でもリアナは自分を置いていった彼に文句を言うこともなく、ただホード子爵にだけ挨拶をして、静かに彼の言葉を待つ。

悪女とはかけ離れた物静かなリアナの様子に、ナージェもホード子爵も戸惑っている様子だった。

「話はすでに聞いていたかと思うが、キリーナ公爵家から婚約の申し込みがあった」

それでもホード子爵は、改めて結婚の詳細を教えてくれた。

「はい」

この契約結婚で、姉の命が救える。

そう思うと、リアナも真摯に頷いた。

「契約期間は一年。報酬はこちらだ。条件に同意したら、サインを」

一枚の紙が差し出され、リアナは目を通す。

事前に説明されたこととまったく同じだった。

婚約後、すぐに結婚すること。

結婚式は挙げないこと。

顔を合わせることはないこと。

パーティなどはひとりで参加すること、など綴られていた。

そして、結婚期間は一年。離縁後は、すぐにキリーナ公爵家を出て行くことが条件だった。

婚姻先では追い出され、ナージェからも戻ってくるなと言われていることに、少しだけ泣きそうになるが、すべては姉のためだ。

最後に報酬の額を何度も確認し、リアナはサインをしてホード子爵に渡した。

「先方は、すぐにでも来てほしいとのことだったが」

「はい。準備はしてきました。いつでも行けます」

そう答えると、彼らは驚いた様子だったが、すぐにキリーナ公爵家に連絡をして、迎えに来てもらうことにしたようだ。

それまで客間で待つように言われて、リアナは頷く。

「姉のこと、どうぞよろしくお願いいたします」

最後にそう言って頭を下げて、ホード子爵の前から退出する。

ナージェはまた悪意のある解釈をしてきそうだが、これだけはどうしても伝えたかった言葉だ。

しばらく待っていると、キリーナ公爵家から迎えが来た。リアナはそれまで世話をしてくれたホード子爵家のメイドに礼を言って、客間を出る。

御者も迎えのメイドも丁寧に扱ってくれたが、ひとことも話そうとしなかった。

こうなることは想定していたので、リアナはまったく気にすることなく、馬車に乗り込んだ。

（すごい……）

ホード子爵家のものよりもさらに大きい高級な馬車で、むしろ落ち着いて座っていることができないほどだ。

居心地が悪くて、広い馬車の隅に固まって、じっとしていた。

リアナは、『悪女ラーナ』として嫁ぐ。

きっとナージェのように、悪意を向けてくる者もいるだろう。

でも、一年間だけだ。

それだけ我慢すれば、姉の命が救える。

そう思うと、どんなことでも耐えられそうな気がしていた。

第三章　契約結婚

やがて馬車は、キリーナ公爵家の屋敷に辿り着いた。

（ここが、キリーナ公爵家……）

広い門をくぐり抜けると、広大な庭がある。

庭にある大きな噴水からは水が迸り、太陽の光に煌めいていた。

季節は春なので、咲いている色とりどりの花からも良い香りが漂ってくる。

リアナは自分の立場も忘れて、つい美しい光景に見惚れていた。

その庭園の奥には、王城と見まがうような大きな屋敷があった。先に見ていなかったら、ここが王城だと思ったかもしれない。

リアナが育った屋敷などは、ここの離れにある馬小屋くらいの大きさしかないのではないか。

歴史ある家系であるホード子爵の屋敷とも桁違いだ。

同じ貴族でも、ここまで格差があるのだと思い知った。

（一年間、こんな屋敷に住むの？）

契約結婚であり、顔合わせもしないことを考えると、もちろんリアナに与えられるのは公爵夫人の部屋ではなく、客間、もしくは使用人の部屋だろう。

それでもあまりにも広すぎて、屋敷の中で迷いそうだ。

完全に気後れしているリアナだったが、馬車はゆっくりと速度を落とし、やがて静かに停止した。

馬車内に同乗していたメイドが、扉を開いてくれる。

そこから見える豪奢な屋敷に逃げ出したいような気分になるが、リアナは覚悟を決めて、御者の手を借りて馬車から降りた。

入り口の扉でさえ見上げるほど高く、見事な彫刻が施されている。

門番がふたりがかりで開いてくれたその扉をくぐり抜けると、そこは広いホールになっていた。

左右に階段があり、壁にはいくつもの絵画が飾られている。

忙しく働いている使用人でさえ洗練されて美しく、着古したドレスに、鞄をひとつだけ持った自分が、どれだけ場違いな存在なのか思い知った。

思わず視線を落とすと、そこにも柔らかな絨毯(じゅうたん)が敷き詰められている。

付き添いのメイドが、そのままリアナをある部屋に案内してくれた。

どうやら客間のひとつのようで、ここもかなりの広さだ。

そこで待っていたのはもちろんカーライズ本人ではなく、執事の男性だった。

やや白髪交じりなところを見るとそれなりの年齢だろうが、立ち姿も洗練されていて、隙のない人物のようだ。

彼は、フェリーチェと名乗った。

「カーライズ様に代わって、この度の契約につきまして、確認させていただきます」

低いが聞きやすい声で、彼はリアナにそう言うと、着席を促した。

リアナは黙ってそれに従う。

「こちらの条件、そして報酬は、先ほどサインを頂きました書類の通りです」

ホード子爵家でサインをした書類をもう一度見せられて、リアナは頷いた。

「では、この屋敷で暮らす条件につきまして、ご説明いたします」

フェリーチェはそう言うと、さらに言葉を続けた。

宛がわれた部屋以外には入らないこと。

食事もひとりで、部屋で食べること。

この屋敷に人を連れ込まないこと。

夜会やパーティに参加するのは自由だが、エスコートはしないこと。

代わりにドレスや装飾品は、好きなだけ買っても良いこと。

普通の貴族女性なら、絶句するほどの条件が並ぶ。

契約結婚とはいえ、妻として扱う気はまったくないらしい。

でもリアナは、それを承知でここまで来た。しかも、これほどの金額を支払ってくれるのに、一年後には解放される。

悪女としての誹（そし）りは受けるかもしれないが、姉は五年も耐えたのだ。

どんな目に遭っても、一年後には解放されるのだから、何としても頑張らなくてはと決意する。

「質問はありますか？」

そう聞かれて、リアナは少し考えたあと、こう尋ねた。

「外出はできますか？　あと、手紙は……」

「可能ですが、行き先によっては公爵家の紋章のない馬車をご用意いたしますので、事前に場所と時間をお伝えくださいませ。手紙は、こちらで確認させていただいてもよろしければ、可能です」

外出も手紙も許可制のようだ。

まるで囚人のような扱いだが、リアナに不満はない。

外出先は、縫い物の仕事を引き受けていた仕立屋か、修道院。手紙を送る相手も姉だけである。

「わかりました」

あっさりと承知したリアナに、フェリーチェは少し驚いた様子だったが、説明したことが書かれた書類をリアナの前に差し出した。

「では、こちらにサインを」

もし契約違反をした場合は、違約金を支払わなくてはならないと説明され、リアナは食い入るように文面を見つめた。

けっして違反しないように、何度も読み、契約書にサインをした。

続いてフェリーチェが差し出したのは、婚姻届である。

夫の欄には先に、カーライズ・キリーナ……の名前が綴られていた。

（カーライズ・キリーナ……）

一年間、名ばかりになる夫の筆跡は、とても美しい。

きっと、貴族学園にも通えなかったリアナとは違い、高度な教育を受けてきたのだろう。

リアナはなるべく丁寧に、彼の隣に自分の名前を書いた。

「これで一年間の契約が成立しました」

フェリーチェはそう言って、婚姻届を丁重に傍にいた従者に渡した。彼はそれを急いで運んでいく。

貴族の結婚はすべて、国王に報告される。

きっと王城に提出されるのだろう。

「これで婚姻は成立しました。そして、約束の報酬のことですが」

そう言われて、リアナは背筋を正す。

（これで、姉様の薬代が払える……）

緊張した面持ちのリアナに、フェリーチェは淡々と告げる。

「現金で渡しますか？　それとも装飾品に換えますか？　どこかに支払いをすることも可能ですが」

そう言ったのは、ナージェと同じように、リアナが借金の返済のためにこの契約結婚を受け入れたと思っているからか。

もしくは、ナージェがそう説明したのかもしれない。

形だけとはいえ、キリーナ公爵夫人となったリアナが、借金の返済に行く姿を見られたら困るので、こう言ってくれたのだろう。

でも大金をそのままもらってもどうやって支払いに行けば良いのかわからないので、そうしてもらえるのは助かる。

だからその勘違いを、否定するつもりはなかった。

「お願いします。複数でも構わないでしょうか？」

フェリーチェは、少し複雑そうな顔をしたが、頷いてくれた。

複数の借金があるのかと思ったのかもしれないが、支払い先は女性医師のアマーリアとホード子爵家。

そして、姉のもとである。

リアナは筆記用具を貸してもらい、支払い先の宛先と金額を書き出した。

アマーリアのもとには、姉の一年分の薬代。

ホード子爵家には、立て替えてもらった借金の残り。

これを支払ったことにより、姉は一年後に確実にナージェと結婚することができるだろう。

残った金額は、すべて姉のもとへ。

「姉には、手紙を添えても良いでしょうか？」

リアナが書き出した支払い先を見て驚いたような顔をしていたフェリーチェだったが、そう尋ねると、頷いてくれた。

「内容を確認させていただいてもよろしければ」

「はい。構いません」

許可をもらったので、そのまま姉宛の手紙を書く。

話を聞きに出向いたはずの妹が、そのままキリーナ公爵家に行ってしまって、姉は随分と驚き、そして心配しているに違いない。

リアナは姉に、突然のことで驚かせてしまったことを詫び、自分は大丈夫だから心配しないでほしい。そして、色々と覚えることがたくさんあってなかなか帰れないと思うが、手紙は書くから、安心してほしいと書き記した。

それからホード子爵からの借金は、カーライズが出してくれた支度金でもう返済したこと。その支度金の中から姉にも少し送るので、領地運営や設備投資に役立ててほしいと書き記した。

目の前で書いた手紙をフェリーチェに見せると、彼は複雑そうな顔をしながらも、許可を出してくれた。

キリーナ公爵からの報酬を支度金と書いたことを咎（とが）められるかと思ったが、大丈夫そうでほっとする。

たしかにキリーナ公爵家ほどの家が、妻の家に支度金も支払わないはずがないので、これで良かったのかもしれない。

「お願いします。あの、最初のところだけは、できれば五日以内に……」

手紙を書き終えてそう頼むと、フェリーチェは承知してくれた。

「では、すぐに手配いたしましょう」

最初だけ桁が違うので、ここだけは借金の返済だと思われたかもしれない。

そう思われたとしたら、期限はきちんと守ってくれるだろうと安堵する。

(これで姉様は大丈夫。本当によかった……)

姉を絶対に救ってみせるという意思だけは強かったが、実際にはどうしたらいいのかわからずに、途方に暮れていた。

派手な格好をするのも、男性に声を掛けるのも本当は嫌だったけれど、すべては姉を救うためだった。

もしカーライズが契約結婚を持ちかけてくれなかったら、どうにもできなかったかもしれない。

もう大丈夫だと安堵した途端、涙がこぼれ落ちてしまう。

「ありがとうございます。心から、感謝します」

でもカーライズと対面することはないから、その感謝を伝えることはできない。

せめて少しでも伝わってほしいと、リアナは涙を流しながら、フェリーチェにそう告げる。

「これで、手続きはすべて終わりました。リアナ様には、この客間に滞在していただく予定です」

彼は泣いているリアナを見て戸惑っていたが、それを一瞬で押し隠し、リアナにそう告げた。

「この部屋に?」

リアナは驚いて、部屋の中を見渡す。

「ここでは……」

「何か問題がございましたか?」

「いえ、広すぎるくらいです」

文句を言えるような立場ではないとわかっているが、これから一年間はほぼ部屋で過ごすことになるだろうから、できればもっと狭い部屋がよかった。

ここでは広すぎて、落ち着かない。

だが、客間には水回りも備え付けられていて、ここならば部屋から出ずに暮らすことができる。

リアナをこの部屋に住まわせるのは、それが理由だろう。

夫となったカーライズと顔を合わせないように、屋敷にいる間はなるべく部屋から出ないこと。

羽目を外して遊び歩いて、余計なトラブルに巻き込まれないように、外出する場合は行く先を言い、許可が下りてからにすること。

それが、リアナに求められていることなのだ。

それに大きな窓からは、広い庭園を眺めることができる。

ここから季節の花を眺めながら、縫い物をしたらきっと有意義な時間を過ごすことができるに違いない。

「消耗品やドレスなどはある程度用意しておきましたので、荷物は後日、運んでいただきます」

「荷物はすべて持ってきましたので、大丈夫です」

そう言って、傍に置いておいた鞄を指し示す。

「それだけですか？」

「はい。すべて持ってきました」

フェリーチェはまたもや複雑そうな顔をしていたが、食事はあとで部屋に運ばせると言って、退出した。

残されたリアナは、部屋の窓からしばらく美しい庭園を眺めていたが、持ってきた荷物を整理することにした。

実家から持ち出してきた古いドレスをクローゼットに掛け、小物を整理する。

フェリーチェが言っていたように、中には数着、新しいドレスがあった。

上品なデザインのドレスは上等な生地で作られていて、手に取ってみることさえ躊躇われた。

すべてここで暮らす間の借り物でしかないので、なるべく使わずに、自分で持ってきたものを使うことにする。

どれも古びたものだが、大切に使ってきた愛着のある品だ。

荷物は少ないのですぐに終わってしまい、次に何をしたらいいのかわからずに、無駄に部屋の中を歩き回ってみる。

今まで朝から晩まで忙しく働いていただけに、何もすることがないのが、一番つらいかもしれない。

(もう少し落ち着いたら、外出の許可を頂いて、お仕事を引き受けに行こう)

部屋で黙って裁縫をしているくらいなら、きっと大丈夫だろう。

リアナも、一年後にはここを追い出される予定である。そのときのための蓄えも、少しは用意しておかないといけない。

リアナは椅子を窓辺に移動させると、そこに座って家から持ってきた道具で縫い物をすることにした。

無心で針を進める。

大勢が住んでいるはずなのに、広大な屋敷はとても静かだった。

やがて日が暮れ始め、噴水の水も真っ赤に染まって、まるで炎が噴き上げているように見える。

美しい庭は、また昼とは違う光景になる。

リアナは飽きることなく、いつまでもその様子を眺めていた。

ふと、庭の向こうに小さく見えていた門が開いた。

何気なくその方向を見たリアナは、屋敷の門から大型の馬車が敷地に入ってきたことに気が付いた。

キリーナ公爵家の敷地は広大で、門から屋敷までもかなりの距離がある。

屋敷の前には、フェリーチェや使用人たちが並んでその馬車を迎え入れようとしている。

この屋敷の主（あるじ）であるカーライズが、帰ってきたのかもしれない。

（あ……）

リアナは咄嗟にカーテンの陰に隠れた。

一応、形だけとはいえ、リアナの夫となった人だ。

けれど最初から対面は不要、宛がわれた部屋以外入ってはいけないと言われたところを見ると、彼は今後もリアナと顔を合わせるつもりはないのだろう。

でも物陰から、ひとめその姿を見るくらいは許されるのではないか。

そんなことを思いながら、様子を窺っていた。

速度を落とした馬車はゆっくりと敷地を走り、やがて屋敷の前で止まった。

リアナの部屋は入り口に近いので、顔もよく見える距離だ。

向こうに気付かれないように慎重に、その様子を窺った。

御者が恭しく馬車の扉を開ける。

すると中から、ひとりの青年が姿を現した。

（あの人が……）

夕暮れの光を反射して輝く金色の髪。

背はすらりと高く、顔は整っていて、女性ならば誰もが見惚れるほどの美形である。

リアナですら、カーテンの陰からこっそり覗（のぞ）いていることを忘れて、つい魅入ってしまったくらいだ。

けれどそんな彼の藍色の瞳は、昏（くら）い影を宿している。

まるで朝の光から一番遠い時間の夜の闇のような、一片の希望もない瞳を見つめていると、胸が痛くなるくらいだ。

見ているのがつらくなって、リアナはカーテンの陰に隠れた。

ずっと見つめていると、あの暗闇に、深い闇の中に引き込まれてしまいそうだ。

（どうして……）

見ず知らずの、悪女として評判だった自分に契約結婚を申し込むくらいだ。

訳ありなのは、承知していた。

でも、こんなにも昏い瞳をしている人だなんて、想像もしていなかった。

カーライズは、フェリーチェたちを伴って、屋敷の中に入っていく。

幸いなことに、リアナがこっそり見つめていたことに、気付いた者は誰もいない様子だった。

主の帰還に、今まで静まり返っていた屋敷が、急に騒がしくなった。

でも対面すら許されていないリアナは、妻としてどころか、居候としても挨拶をすることはできない。

ただ窓辺に立ち尽くしたまま、先ほどのカーライズの瞳を忘れようと、固く目を閉じる。

けれど、簡単には忘れられそうになかった。

気を取り直して縫い物をしようとするも、何だか気が削がれてしまってなかなか進まない。

気が付けばもう周囲は暗くなっていて、今日はこれ以上やっても無駄だとようやく諦めて、道具を片付ける。

ベッドを確認すると、急遽この部屋を使うことになったためか、シーツなどは敷かれておらず、上に置いたままの状態だった。

それを自分で綺麗に整え、もう着替えてしまおうか悩んでいると、部屋の扉が叩かれた。

「はい」

一瞬だけ、さすがに初日なのだから、カーライズが来てくれたのかもしれないと思った。

でも実際に訪れたのはメイドで、夕食を持ってきたという。

実家では夜は食べないことも多かったのですっかり忘れていたが、夕食には随分遅い時間である。

おそらく屋敷の主であるカーライズが帰宅したため、彼を優先させたのだろう。

それは当然のことなので、リアナがそれに文句を言うことはない。

「わざわざありがとう」

礼を言うと、食事を持ってきた姉と同じくらいの年頃のメイドは、メインはこれから準備するので、もう少し待ってほしいと言ってきた。

「いえ、夜も遅いので、これで充分です」

もともと食の細いリアナは、これから作るというメインの料理を断り、パンとスープだけもらうことにした。

自分でテーブルまで運び、ひとりで食べる。

（美味しい……）

パンは柔らかく、スープも具沢山で、これだけで満腹になってしまったくらいだ。

食べ終わったら部屋の外にあるワゴンに置いておくようにとのことだったので、そっと部屋の扉を開けて、食器を置く。

少し前までの喧噪(けんそう)が嘘のように、廊下は静まり返っていた。

カーライズはおそらく屋敷の奥に住んでいるので、働いている人たちもそちらにいるのだろう。

少しだけ取り残されたような寂しさを感じながらも、リアナは存在を感じさせてはいけないのだと思い直す。

寂しいからというだけで部屋を出て、契約違反に問われてしまったら大変だ。

静かに、大人しく暮らさなくてはならない。

食事を終えたあとは少し縫い物をして、それから自分で整えたベッドに潜り込む。

ベッドは驚くほど柔らかく、硬いベッドに慣れてしまったリアナはなかなか寝付けず、ただカーテン越しに月の光を見つめていた。


夜遅くに眠ったはずなのに、いつもの習慣で早朝に目覚めた。

リアナに与えられた客間は、寝室と応接間、そして水回りの設備が備え付けられている。そこで身支度を整えてから、古いドレスに着替え、銀色の長い髪をまとめる。

あまりカーテンを大きく開けてはいけないかと思い、少しだけ開いて太陽の光を浴びる。

今日は晴天のようで、朝から花に水遣(や)りをする庭師の姿が見えた。

昨日書いた手紙は、無事に姉のもとに届いただろうか。

女性医師のアマーリアに支払いもしてくれただろうから、薬も継続して届けてくれるに違いない。

体が弱いと子どもを授かりにくいと言われた姉は、一年後の結婚のために、きちんとその薬を飲み続けてくれるだろう。

アマーリアは定期的に姉の様子を伝えてくれると言ってくれたが、手紙の宛先はもちろん、このキリーナ公爵家ではない。

リアナには、昔から手伝いをしている修道院があった。

敷地内に孤児院もあって、裁縫が得意なリアナは、よく古着を再利用して子どもたちに服を縫っていたのだ。

手紙は、その修道院宛に送ってくれるように頼んでおいた。きっと修道院であれば、何回かは外出が許されるかもしれない。

（そうだ。子どもたちに服を縫わないと）

昨日と同じなら、リアナの朝食は屋敷の主人であるカーライズが出かけたあとだろう。そう思ったリアナは、持ってきた子どもの頃の服を縫い直して、孤児院の子どもたちの服を作ることにした。

（このドレス、覚えている。私の七歳の誕生日に、お母様が縫ってくださったものだわ）

可愛(かわい)らしいデザインのドレスで、嬉しくて何度も母に抱きついたことを思い出す。

母もリアナと同じように裁縫が得意で、気に入ったデザインがないと自分でドレスを縫っていた。

姉にもリアナにも、たくさん作ってくれたことを思い出す。

母が縫ってくれたドレスを解(ほど)くのは寂しかったが、もう着られないドレスを大事にしまっておくよりも、子どもたちに着てもらった方が母も嬉しいだろう。

姉の薬のために、形見の宝石も売り払い、ドレスもこうして原型がなくなってしまうが、思い出だけはいつまでも色褪(あ)せず、ずっと胸の中にある。

丁寧に縫い目を解き、もっと動きやすく、洗いやすい形に縫い直す。

夢中で針を進めていると、昼近くになってようやく、メイドがリアナの朝食を持ってきてくれた。

昨日と同じように、パンとスープだけ。

でもパンは食べきれないくらいたくさんあるし、スープも最高級の材料で作った具沢山のスープだ。

メインは好きなものを用意してくれると言ってくれたが、リアナはこれだけで良いと告げた。

これだけで充分だし、あまり豪華な食事をすると、病を患っている姉に申し訳ないような気持ちになる。

それに、こんな食事が食べられるのも、一年だけだ。

贅沢に慣れてはいけないと、自制する。

「もう昼近くになりましたので、昼食はいりません。これからも朝と夜に、パンとスープだけでお願いします」

姉と同い年くらいのメイドは何も言わずに、リアナの我が儘を聞き入れてくれた。

何か欲しいものや伝言があれば、食器と一緒にメモを置いておいてほしいと言われて、承知する。

「今のところは大丈夫です。お気遣いありがとうございます」

もう二、三日経過したら、修道院に行かせてもらえるように頼んでみようと思っている。

朝食と昼食を兼ねた食事をして、また外のワゴンの上に食器を出しておく。

午後からも、裁縫をして時間を潰していた。

今まで朝も夜も忙しく働いていたので、自由な時間が増えてかえって申し訳ないくらいだ。

このままでは数日後には、子どもたちの服を縫い終わってしまうに違いない。

（やっぱり仕事も引き受けておこう）

修道院に行ったあとは、町の仕立屋にも行かせてもらおう。

そう思いながら熱心に針を動かしていると、来客があった。

「はい」

軽く扉を叩く音に、反射的にそう答える。

メイドかと思ったが、リアナを訪ねてきたのは執事のフェリーチェだった。

何か困っていることはないかと聞かれて、大丈夫だと答える。

「手紙が届いておりました。失礼ですが、中身を確認させていただいております」

「わかりました」

キリーナ公爵家宛に手紙を寄越(よこ)してくれるのは、姉しかいない。

きっとリアナが出した手紙に返事をくれたのだろう。見られて困ることは何も書いていないはずなので、それを承知して手紙を受け取った。

「それと、支払いはすべて済ませておきました。これが受取書です」

フェリーチェはそう言って、三枚の書類を差し出してくれた。

「ありがとうございます！」

姉の薬の支払い期限は間近に迫っていたので、支払ってくれたと聞いて心から安堵した。

「……助かりました。本当にありがとうございます」

受取書には、それぞれ日付とサインが記してあった。

ホード子爵家もきちんと受け取ってくれたようなので、これで姉の結婚は確定しただろう。

女性医師であるアマーリアの受取サインにはドクターと記されていて、少しどきりとするが、フェリーチェは余計な質問はしなかった。

「そろそろカーライズ様の結婚が、周囲にも知れ渡る頃でしょう。結婚の条件にあったように、パーティに何度か、おひとりで参加していただきたいのですが」

薬の支払い、そして借金の返済を終えたことに安堵していたリアナは、フェリーチェからの申し出に、はっとする。

そういえば結婚の条件に、それも記載してあったと思い出す。

キリーナ公爵は、トィート伯爵から受けた恩を返すために、『悪女ラーナ』を娶ったのだ。

だがあまりにもひどい妻だったので、一年で離縁するという筋書きだ。

リアナはまだ、悪女を演じなくてはならない。

「……わかりました」

ただ部屋に引きこもっているだけでは、契約結婚の条件を満たしたことにはならないのだ。

「どこにでも行きますが、姉の参加していないパーティにしてください」

しあわせな結婚をしたと思っているリアナが、まだ『悪女ラーナ』として過ごしていることを知れば、姉は驚き、そして傷付くだろう。

姉には会いたいが、もう会うわけにはいかない。

「わかりました。こちらで手配しておきます。ドレスも装飾品も、こちらで用意したものをお召しください」

リアナが用意してもらったドレスを着ていないことに気付いたフェリーチェが、そう念を押してきた。

パーティにはトィート伯爵の娘のドレスで参加しようと思っていたが、そう言われてしまったら、リアナはそれを承知するしかなかった。

「他に何か、希望はありますか？」

「はい。そのパーティが終わったあとで構わないので、修道院に行かせてもらえませんか？　子どもたちに服を届ける約束をしているのです」

「……修道院、ですか」

フェリーチェはどうしてそんなところに、とでも言いたそうな顔をしていたが、余計なことは何も言わずに、それを承知してくれた。

彼は、パーティの日程が決まったらまた連絡すると言って、帰って行った。

残されたリアナは、これからのことを思って、少し憂鬱になる。

（キリーナ公爵が離縁を決意するのもおかしくないくらい、ひどい妻にならなくては。でも、具体的にどんなことをすれば良いのかしら……）

悪女らしく、たくさんの男性を侍らせたら良いのだろうが、男性と話すだけで緊張してしまうリアナにはできそうにない。

憂鬱だったが、やれなくてもするしかないと覚悟を決めて、先ほど受け取った姉からの手紙を手に取る。

その手紙には、やはり帰りを待っていたのに、リアナが帰ってこないと知ったときには驚いたこと。さらに婚約してすぐに結婚してしまったことも衝撃的だったと書かれていた。

盛大に祝いたかったと書いてくれた姉の優しさが、胸に沁みる。

そしてホード子爵家への借金を返済してくれたこと。将来のために、姉にもお金を送ったことに対する感謝の気持ちが何度も書き記されていた。

落ち着いたら帰ってきてほしい。

そして一年後の結婚式には、絶対に参加してほしいと書かれていて、姉のために作ったドレスを思い出し、そのドレスを着て結婚式を挙げる姉のしあわせな姿を想像して、胸がいっぱいになる。

姉のためにも、きちんと『悪女ラーナ』を演じ、姉と悪女を完全に切り離さないといけない。

（姉様のためにも、頑張るわ）

そう固く決意した。


そうして、数日後。

フェリーチェが再び部屋を訪れて、二日後のクリーロ侯爵家のダンスパーティに参加することになったと教えてくれた。

クリーロ侯爵は、キリーナ公爵の縁戚であり、このパーティには双方の知り合いも多数参加するようだ。

しかも出席するのは、伯爵家や侯爵家の者ばかりで、姉やホード子爵家の者が参加することはないと聞いて、安堵する。

(でも高位貴族の方ばかり……)

リアナは貴族学園に通っていないので、礼儀作法には少し疎い。

何か失敗しないかと不安になるが、むしろその失敗でキリーナ公爵家にふさわしくないと示せるかもしれない。

失敗してもそれが良い方向に作用するかと思うと、緊張も少し薄れた。

陰口や蔑みの視線くらいなら、耐えられる。

カーライズはきちんと報酬を支払ってくれたのだから、リアナも自分の役目を全うしなくてはならない。

前日に、メイドがドレスと装飾品を持ってきてくれた。

真っ赤なドレスに、オニキスの髪飾り。

なかなか目立つドレスだが、最高級の生地で作られているようで、肌触りはとても良い。

これを着て、いつもよりも少し派手な化粧をすれば、完璧な悪女が出来上がるに違いない。

気後れしてしまうが、これは舞台衣装のようなものだと、自分に言い聞かせる。

リアナはパーティ会場で、『悪女』を演じるだけだ。

当日は朝から準備に追われた。この日ばかりは朝からメイドが来て、リアナの身支度を手伝ってくれる。

銀色の髪も綺麗に磨かれ、光り輝いていた。

フェリーチェが最終確認をしてくれて、リアナは結婚後、初めて屋敷の外に出る。

大型の馬車にはキリーナ公爵家の紋章が刻まれていて、すれ違う馬車は皆、道を譲ってくれた。

今までは他の馬車が通り過ぎるまで待つしかなかったので、そんなことにも驚いてしまう。

やがて馬車は、今夜の会場であるクリーロ侯爵家に到着した。

エスコートはいないので、御者が馬車から降りるのを手伝ってくれる。

(ここが、パーティ会場……。皆、上品で綺麗だわ)

令嬢たちは、華やかで美しい装いだが、どこか品があって洗練されている。

そんな中、真っ赤なドレスを着たリアナは、とにかく目立っていた。

彼女たちは皆、リアナを見ると嫌悪を隠そうともせず、ひそひそと陰口を言う。

最初からこちらに聞こえるように言っているのか、内容はよく聞こえてきた。

「いくら恩があるからといって、キリーナ公爵夫人があのような女性だなんて……」

「あのドレスの下品なこと。見るのも不快だわ」

年齢が上の女性は、そんなことを言って眉を顰めている。

「カーライズ様が可哀想(かわいそう)だわ。よりによって、あんな女と」

「婚約者もいらしたのに、お気の毒な……」

そして若い令嬢たちの、嫌悪に満ちた視線と言葉。

けれどリアナは、カーライズに婚約者がいたという話に驚いていた。

(キリーナ公爵には婚約者がいたの？　それなら、どうして契約結婚なんか……)

結婚をする必要があるのならば、その婚約者と結婚すればよかったはずだ。

どうしてわざわざ大金を支払ってまで、評判の悪い悪女と結婚する必要があったのだろうか。

しかも、一年後には離縁する予定である。

「でも、その婚約者の方は……」

「そうでしたわね。だから結婚相手など誰でも良いと、自暴自棄になってしまわれたのかしら……」

リアナの疑問は、会場中から聞こえる噂話を聞くと、解決した。

どうやらカーライズには、本当に婚約者がいたようだ。

それはカーライズの父方の親戚である、マダリアーガ侯爵家の娘のバレンティナで、かなり長い期間婚約していたらしい。

けれどその婚約は、カーライズの父親によって破談にされていた。

先代のキリーナ公爵夫妻、つまりカーライズの両親はとても不仲で、カーライズが生まれたあとは、ふたりとも屋敷を出て愛人と一緒に暮らしていたようだ。

あの広大な屋敷には、幼いカーライズだけが残されたことになる。

それぞれ愛人との間に子どもも生まれていて、母親と離縁した父親は、カーライズではなく、愛人との間に生まれた異母弟のブラウリオにキリーナ公爵家を継がせようと考えた。

けれどカーライズの父は、息子の婚約者の父であるマダリアーガ侯爵に、彼の娘を必ずキリーナ公爵家の後継者に嫁がせると約束していたようだ。

そこでカーライズの婚約を勝手に解消して、バレンティナと異母弟のブラウリオを婚約させてしまった。

父親同士の仲が良いこともあり、バレンティナとブラウリオはもともと顔見知りだったようだ。

彼女も、後継者が替わると聞かされて、あっさりと異母弟に乗り換えていた。

けれど後継者を変更しないまま、父親は急死してしまう。

医師の見立てでは心臓の病だそうだが、異母弟のブラウリオは納得せず、カーライズが父親を殺したのだと訴えたようだ。

争いは長い間続き、その際、トィート伯爵がカーライズに手助けをしたこともあった。

彼に恩があると言っていたのは、そのことのようだ。

最後にはカーライズの無罪が証明され、彼はキリーナ公爵家を継いだ。

そして自分を父親殺しにして爵位を奪い取ろうとした異母弟を許さず、名誉毀損で訴え、異母弟は地方に追放されたようだ。

（でも、追放されたのは異母弟だけ。元婚約者が再婚約しようと、何度もキリーナ公爵に接触してきた……）

父方の親戚だけあって、元婚約者の父であるマダリアーガ侯爵もキリーナ公爵家には多大な影響力を持っている。

このままでは、またバレンティナと婚約することになるかもしれない。

けれどカーライズは、元婚約者もその父親も信用していなかった。

裏ではまだ異母弟と繋がっていて、いずれキリーナ公爵家を乗っ取るつもりだと考えている。

カーライズの友人たちは、気の毒そうに、そんな彼の心境を語っていた。

両親の愛を受けたこともなく、父親も母親も、それぞれ愛人と暮らしていた。

さらに父親は、自分の婚約者と地位を奪って異母弟に与えようとしていた。

あんな昏い瞳になってしまった理由は、ここにあったのだ。

カーライズは誰も信用していない。

けれどキリーナ公爵家の当主として、結婚しないわけにはいかない。

まだ爵位を継いだばかりの若い当主では、親戚たちの圧力に逆らえない部分もあるだろう。

このままでは元婚約者と再婚約させられてしまう。

そう考えたカーライズは、こうして偽装結婚することにしたのか。

一年後にリアナと離縁して、それからどうするつもりなのかはわからないが、一度結婚さえしてしまえば、元婚約者との関係を完全に絶つことができるのだろうか。

（そんなことがあったなんて……）

壮絶な話に、リアナは言葉を失った。

せめてリアナとの契約結婚が、彼の役に立てればと思う。

そんなキリーナ公爵家の縁戚だらけのパーティにひとりで参加したリアナは、会場中から注目されていた。

皆、キリーナ公爵家で起こった事件のことは知っていても、よりによって『悪女ラーナ』を公爵夫人にしたカーライズに不満があるようだ。

加えて礼儀作法に疎いリアナは、主催に挨拶するときに順番を間違えてしまい、周囲からの蔑みの視線は嘲笑に変わった。

礼儀も知らない。

あの借金まみれのカロータ伯爵家の娘で、しかも噂の悪女である。

貴族学園さえ卒業していないらしいと、嘲笑(あざわら)われ、視界に入れるだけで不快だと厭(いと)われる。

それでもリアナは、すべて聞こえないふうを装って、若い男性に微笑みかけ、妻を連れた既婚者にも、熱い視線を送る。

自分はキリーナ公爵家の一員になったのだからと、積極的に話しかけたりした。

心はかなり疲弊していたが、それでも何とか最後までやり遂げた。

帰りの馬車の中では、疲れ果ててぐったりとしてしまい、顔を上げることもできなかった。

でも幸いなことに、キリーナ公爵家の縁戚が多いパーティだったので、さすがに公爵夫人となったリアナを口説いてくるような男性はいなかった。

それでも、悪意のある視線と言葉は、リアナの心を傷付けた。

何よりも、姉とリアナの恩人であるトィート伯爵。そして両親の悪口を言われるのが、一番つらい。

キリーナ公爵家の屋敷に戻ってきたリアナは、すぐに着替えをして化粧を落とし、そのままベッドに潜り込んだ。

（疲れた……）

こんなことを、一年間にあと何回かこなさなくてはならない。

泣きたくなるくらいつらいが、契約違反をすれば、違約金を支払うことになってしまう。それだけは避けなくてはならない。

（たった一年よ。これを姉様は五年も耐えたのよ。頑張らないと。絶対に、やり遂げないと……）

そうは思っても、傷付けられた心は簡単には回復しない。

リアナは泣きながら、いつの間にか眠ってしまっていた。


よほど疲れてしまったようで、翌日は昼過ぎに目を覚ました。

カーテンを開けたまま眠ってしまったのか、窓から眩しい太陽の光が降り注ぐ。

瞼(まぶた)が熱いので、腫れているのかもしれない。

（顔を洗わないと……）

顔を洗って身支度を整える。

でも今日は、縫い物さえする気になれなかった。そのまま、ぼんやりと窓の外を見て過ごした。

やがてメイドが食事を持ってきてくれたが、まったく食欲がなかったので、そのまま下げてもらった。

昨日のことを思い出すと胸が痛くなるが、姉はもっとつらかったはずだ。

リアナは姉のことだけではなく、カーライズのことも考える。

たしかにリアナも姉も、両親の遺した借金のせいで苦労したが、生前の両親は子どもたちをとても可愛がり、愛してくれた。

両親が亡くなったあとも、リアナには姉がいた。

まだリアナは幼かったので、姉に頼る部分も大きかったが、自分にできることを必死にやって、姉妹で支え合ってきたと思う。

トィート伯爵もふたりをとても気に掛けてくれた。

つらい環境だったが、ひとりではなかった。

でも、カーライズには誰もいない。

愛してくれるはずの両親は、それぞれ別の家庭を持ち、彼をひとりにした。

ずっと傍にいて、結婚後はカーライズを支えるはずだった婚約者は、彼から異母弟に簡単に乗り換えた。

母親はもうすべてを捨てて、別の子どもの母として生きている。

彼の孤独を思うと、どうしようもなく胸が痛む。

リアナは両手を組み合わせて、無意識に祈りを捧(ささ)げていた。

(どうか少しでも、彼の心が安らぎますように……)


この日は一日、ぼんやりと過ごしていたリアナだったが、翌日からはまた縫い物を再開した。

数えてみると、昨日で三十日の薬の試用期間が終わっていた。

女性医師のアマーリアはカロータ伯爵家に赴き、姉の診察をしてくれたに違いない。

カーライズのお陰で一年分の薬も支払えたので、新しい薬も用意してくれたことだろう。

そんな姉の近況を聞くために、修道院に行く必要があった。

行くからには、子どもたちの服もすべて仕上げてしまいたい。

それに何事かに集中していれば、つらい出来事も忘れることができる。

一日中針仕事をして、子どもたちの服をすべて縫い上げたリアナは、夕食を少しだけ食べると、その食器を出したときに、修道院に行きたいと書いたメモを添えた。

すぐには無理だろうと思っていたけれど、翌朝にはフェリーチェが部屋を訪れて、修道院に行っても良いと言ってくれた。

でも馬車は、公爵家のものは出せないと言う。

さすがに悪女すぎて離縁する予定の妻が、熱心に慈善事業をしていたと噂されてしまうのは困るようだ。

もちろんリアナも、公爵家の馬車を使うつもりはない。

持ってきた古着の中でも、一番質素なドレスを着て、銀色の髪も綺麗にまとめて、帽子の中に隠す。

こうすれば、誰もリアナだとは思わないだろう。

帰りに町の仕立屋に立ち寄る許可も得て、リアナは用意してもらった小さな馬車に乗り込んで、修道院に向かった。

王都から少し離れたところにある目的地に着くと、御者にお礼を言い、ひとりで馬車を降りる。

両手に持っているのは、リアナの子どもの頃の服を再利用して作った服である。

重みで少しふらつきながらも、まずは修道院に顔を出す。

「院長先生、お久しぶりです」

そう声を掛けると、奥から初老の優しそうな女性が顔を出した。

「あら、いらっしゃい。あなた宛に手紙が届いていたわよ」

「はい。ありがとうございます。これ、子どもたちにお土産です」

そう言って、子ども服を渡す。

「こんなにたくさん。しかも、上等な生地だわ。これならかなり持ちそうね。いつもありがとう」

院長はそう言って、リアナに手紙を渡してくれた。

どうやら今朝、届いたばかりらしい。

礼を言って受け取り、さっそく封を切る。

アマーリアからの手紙には、姉の往診に行ったこと。以前よりもかなり回復していて、気分の良い日は外出できるようになったこと。そして薬代金を支払ってもらったので、治療を継続していくことが書かれていた。

(……よかった)

それを読んで、ほっと胸を撫で下ろす。

このまま治療を続けていけば、姉は完治するだろう。

感極まって手紙を抱きしめたリアナの背を、院長が優しく撫でてくれた。

それから院長と少し話し、子どもたちと遊んでから、また来ることを約束して、今度は町の仕立屋に向かう。

昔から仕事を依頼してくれる仕立屋は、リアナが来たことを喜んでくれた。

何でも刺繍の仕事が殺到しているが、かなり高度な技術が求められるようで、なかなか基準を満たす腕の職人がいなくて困っているのだという。

リアナが是非引き受けたいと言うと、大量の仕事を依頼してくれた。

これでパーティに参加する必要のない日は、暇を持て余すことなく、一日中仕事をすることができる。

引き受けた仕事の道具を馬車に積んで、キリーナ公爵邸に戻ろうとする。

けれど馬車は、屋敷からかなり手前のところで止まってしまう。

「どうかしましたか？」

窓から顔を出して御者に尋ねると、どうやらカーライズの帰宅と一緒になってしまったらしい。

「わかりました。もう少し待ちましょう」

噂の悪女が顔を見せるわけにはいかないと、リアナはかなり長い時間、馬車の中でカーライズが屋敷に入るのを待っていた。

その後、ようやくリアナもそれに続き、仕事道具を持って客間に帰る。

姉の近況を知ることもできたし、刺繍の仕事もたくさん受けることができた。

次のパーティまでは、仕事に集中することができそうだ。

仕事の順番を確認していると、いつの間にか夜更けになっていた。

どうやら忙しくて、リアナの夕食はすっかり忘れられてしまったようだ。

朝にスープを少し食べたきりだが、あまり食欲もなかったので、そのまま眠ることにした。

これ以降もときどき食事を忘れられる日もあったが、とくに自分から要求することはしなかった。

もともと食事の量と回数を減らしてほしいと頼んだのは、リアナの方だ。

部屋にいて、刺繍の仕事をして過ごす日々。

その賃金は貯めておいて、ここを出て行く日に備えるつもりだ。

たまに窓の外にカーライズの姿を見ることはあったが、彼はいつも昏い瞳をしていた。

それを見る度に、まるでリアナの心も傷付いたように痛む。

毎日寝る前に、両親の冥福と姉の回復を祈るのが習慣になっていたリアナだったが、いつしかカーライズのためにも祈るようになっていた。

どうか彼の痛みが少しでも和らいで、しあわせになる日が訪れますように——。


キリーナ公爵家での暮らしは、こうして静かに過ぎていった。

いつしか季節は巡り、夏になっていた。

庭から見える花もいつの間にか植え替えられ、夏らしい色とりどりの花が咲き乱れている。

リアナはいつものように、窓の近くに椅子を置いて、庭の花を眺めながら刺繍をしていた。

刺繍の仕事はずっと途切れずに続いている。

凝ったものが多いため報酬もなかなか良くて、これからの生活資金も少しずつ貯まってきた。

パーティも、あれから何度か参加している。

華美なドレス、派手な化粧であちこちのパーティに参加するリアナの姿は、公爵家に嫁いだのに、遊び回っている悪女として評判になっていた。

もしリアナが夫のカーライズと参加していたのなら、こんな噂になることはなかっただろう。社交も、貴族の大切な仕事のひとつだ。

でもリアナは教養もなく、男性にばかり話しかけ、パーティのために新しいドレスを仕立てて散財している。

たとえトィート伯爵に恩があったとはいえ、彼の愛人であったような女を妻に迎え入れたのは、失敗だったのではないか。

彼もそのうち耐えきれなくなって、離縁するのではないかと噂されていた。

パーティ会場の片隅でそんな噂話を聞いたリアナは、計画が上手くいっていることに安堵した。

このまま離縁しても、カーライズに同情が集まるだろう。

けれど、トィート伯爵の大切な娘の名に、さらなる悪評を付け加えてしまったことに対する罪悪感はあった。

もともとラーナと呼ばれていた姉にも、何だか申し訳なく思う。

姉が『悪女ラーナ』だった頃は、世間の評判が悪かっただけで、姉本人はただ孤独なトィート伯爵に寄り添っていただけだ。

悪女と呼ばれるのにふさわしいことをしているのは、リアナだけである。

姉も随分回復して、来年の春に執り行われる結婚式の準備で忙しいと聞く。

食事はきちんと食べているだろうか。

忙しくて薬を飲み忘れていないだろうかと気になるが、姉に会いに行くことはできない。

世間に広まる『悪女ラーナ』の噂が姉に伝わっているかと思うと怖くて、手紙を出すこともできずにいた。

そんなある日。

いつものようにひとりでパーティに赴いた際、リアナはカーライズの元婚約者のバレンティナが、新しく婚約したことを知った。

彼の異母弟がカーライズによって訴えられ、地方に追放になったあと、彼女はカーライズとの再婚約を望んでいたようだ。

バレンティナの家は、マダリアーガ侯爵家である。

キリーナ公爵家の分家の中で最も力を持っていたから、まだ当主になったばかりのカーライズでは、それを断ることはできなかった。

でも彼は、自分を裏切った元婚約者を妻にするつもりはなかった。

だからトィート伯爵の恩に報いるためだと言って、彼の愛人だと噂されていた『悪女ラーナ』を妻に迎えている。

それが契約結婚で、一年で離縁するつもりであることは、誰も知らない。

そしてカーライズと再婚約できなかった元婚約者のバレンティナは、マダリアーガ侯爵である父の命令によって新しい男性と婚約したようだ。

けれど彼女は、カーライズの父と彼女の父の間で交わした約束により、幼い頃から自分はキリーナ公爵夫人になると言い聞かせられて育った。

だからか、どうしてもカーライズとの結婚を諦めきれなかったようで、何度もキリーナ公爵家に押しかけてきている。

リアナも、窓からその姿を見かけたことがあった。

カーライズと同じ煌めく金髪の、華やかでとても美しい人だった。

バレンティナにとって、新しい婚約はとても不本意だったようだ。

そんな彼女と、リアナが遭遇してしまう事件があった。


この日もリアナは、執事のフェリーチェの指示通り、とあるパーティにひとりで参加していた。

今日のドレスは肩が大きく開いたドレスで、気になって何度も肩を押さえてしまう。

そこに視線が注がれているのも、恥ずかしい。

胸元には大きな宝石のついた首飾りをしているので、そちらを見ているのかもしれない。

パーティ会場を訪れたリアナは、敵意のある視線を感じて振り向いた。

そこには見覚えのある女性がおり、恨みがましい視線でこちらを睨(にら)んでいる。

(あの人は……)

カーライズの元婚約者のマダリアーガ侯爵令嬢、バレンティナだった。

彼女はたくさんの取り巻きを連れていて、リアナによく聞こえるように、嫌みを言ってくる。

「没落貴族のくせに」

「教養も気品もない、派手で下品な女」

「トィート伯爵の愛人だったのに、公爵夫人になるなんて厚かましい」

けれどリアナ自身はそんな蔑む言葉にもすっかりと慣れてしまい、今はもう何とも思わない。

ただ楽しそうに、会場中を歩き回る。

男性だけに視線を送り、誘惑するように微笑む姿は、人妻であるにもかかわらず、遊び相手を探しているようにしか見えなかっただろう。

バレンティナは、そんなリアナの姿に耐えられなかったようだ。

「どうしてあなたのような女が、キリーナ公爵夫人になるのよ！」

そう叫びながら、手にしていたワイングラスを、リアナの顔めがけて投げつけてきたのだ。

もし命中していたら、確実に怪我をしていたことだろう。

「……っ」

至近距離だった。

でも咄嗟に顔を逸らしたお陰で、何とかリアナには当たらずに済んだ。

けれど。

「きゃあっ」

ワイングラスはそのままリアナの背後にいた女性に当たってしまい、周囲は騒然とした。

バレンティナも、リアナに当たらなかったことに不満そうな顔をしていた。

けれど、背後の女性の顔に、自分の投げたワイングラスがまともに当たってしまったことに気が付いて、蒼白になった。

「あ……」

リアナの背後にいた女性の顔からは、血が流れていた。

ワイングラスの破片で切ってしまったようだ。

バレンティナは真っ青な顔をして震えていて、そんな彼女の傍から、少しずつ人が離れていく。

一緒にいたら、巻き添えになってしまうと思ったのだろう。

貴族令嬢の顔に傷を付けてしまっただけでも、大きな問題となる。

しかも彼女は、こっそりと友人に会うためにお忍びで参加していた、第三王女のロシータだったらしい。

未婚の若い王女の顔に傷を付けたとなれば、たとえキリーナ公爵家に繋がるマダリアーガ侯爵家の娘であろうとも、許されなかった。

幸いなことにロシータ王女の傷は浅く、あまり傷跡も目立たないだろうということではあったが、バレンティナは婚約を解消され、家から出されて修道院に送られることになったという。

彼女はずっと、自分は悪くない、リアナが避けたのが悪いと言い続けていたらしい。

だが、たとえ誰が相手だろうと、ワイングラスを投げつけたのはバレンティナである。

非は、明らかに彼女にあった。

それなのに世間が彼女に同情的なのは、相手が『悪女ラーナ』だったからであろう。

かつての愛人の名を利用し、キリーナ公爵の弱みにつけ込んで、公爵夫人の座に納まったリアナは、パーティ会場で彼のかつての婚約者を散々挑発した。

それに耐えかねて、バレンティナはワイングラスを投げつけてしまった。

貴族学園にも入っていないリアナと違って、バレンティナは高い教養を身につけたマダリアーガ侯爵家の令嬢である。

そんな彼女が耐えられなくなるほど、ひどい言葉を浴びせたのではないか。

そもそも背後にお忍びの王女がいたことも承知していて、バレンティナを挑発したのではないか。

世間では、そんなことになっているらしい。

どうやら娘を少しでも悪意から守ろうとした彼女の父親が、積極的にそんな噂を社交界に流している様子だった。

リアナの味方はひとりもおらず、弁解もできない。

そしてリアナも事件の関係者として、屋敷で謹慎することになった。

契約期間が終わるまで、あと半年。

ならばもう苦手なパーティに参加して、無理に悪女を演じる必要もない。

(……よかった)

それに関してだけは、リアナは安堵していた。

けれどカーライズは、かつての婚約者が修道院に入ってしまっても、まだリアナの悪名を利用するつもりらしい。

謹慎期間だというのに、十日くらいの間隔で服飾店や宝石店の販売員がリアナのもとを訪れる。

もちろん、リアナが呼んだものではない。

フェリーチェの話によると、謹慎中であるにもかかわらず、宝石やドレスを買いまくっていることにしたいようだ。

あまり欲しくもない宝石や派手なドレスを選ばなくてはならないのも、店員たちの呆れ果てたような視線に晒されるのも、なかなかストレスだった。

次第に食欲も落ちてきて、実家から持ってきた古いドレスも、手直ししなければ着られないほどになってきた。

でも、誰もそんなリアナの変化には気が付かない。

気が付かれるほど、人と顔を合わせていなかった。

唯一の救いは、たまに訪れる修道院で、女性医師から姉の回復具合を聞くこと。

そして子どもたちと遊ぶことだ。

姉は順調に回復していて、薬がとても体に合ったようだ。

ただ、姉からの手紙は途絶えてしまった。

どこかで、リアナの悪行を聞いてしまったのだろうか。

さすがに王家が関わる事態にまで発展してしまったから、関わらない方が良いとナージェに止められたのだろう。

もしくは、公爵家に嫁いだ妹が我が儘に暮らしていると聞いて、呆れてしまったのかもしれない。

季節は巡り、秋になった。

庭に咲く花も植え替えられて、落ち着いた色合いの可憐な花が咲いている。

リアナはその光景を、静かに眺めていた。

今取りかかっている刺繍は、その秋の花をモチーフにしている。

裁縫の仕事で得た賃金も、それなりに貯まってきた。もちろん大金ではないが、リアナひとりが慎ましく暮らす分には充分だろう。

仕事も続けるつもりだ。

部屋の中にはドレスや宝石が溢れていて、クローゼットにも入りきらず、箱のまま積み重なっている。

キリーナ公爵家を訪れる宝石店の店員も、服飾店の店員も、そんなリアナの部屋を見て呆れていたが、自分のものではないので勝手に開けることはできない。

だから、そのままにしてある。

きっとこの屋敷を出るときも、ここに置いたままにしておくだろう。

そんなある秋の夜のこと。

真夜中を過ぎた頃、リアナは部屋の窓を大きく開いて、夜空を見上げていた。

この日は、特別な日だ。

今からちょうど六年前、両親が事故で亡くなってしまった。

「お父様……。お母様……」

リアナは両手を組み合わせて、静かに祈りを捧げる。

「カロータ伯爵家は、姉様と婚約者のナージェ様が継ぎます。きっとあのふたりなら、領地と領民を守ってくれるでしょう」

ナージェはリアナには辛辣だが、優秀な人物で、姉を心から愛してくれている。

「姉様のことも、心配はいりません。薬がよく効いて、もう健康な人とほとんど変わらない生活をしているそうです。これからもどうか、姉様を見守ってください」

こんな時間なので、庭園にはもう誰もいない。

遠くの門には警備兵がいるが、そこまで声は届かないだろう。

だからリアナは、亡き両親に静かに語りかける。

「私のことは、もう捨て置いてください。姉様のためとはいえ、カロータ伯爵家の娘として、ふさわしくない行為をしてしまいました。ナージェ様が仰っていたように、きっと私には失望していらっしゃるでしょう」

ナージェにそう言われたことを思い出して、組み合わせた両手に力が籠もる。

「どうか姉様がしあわせに暮らせますように。そして、姉様を救う手立てを与えてくださったキリーナ公爵のカーライズ様にも、しあわせが訪れますように……」

リアナひとりでは、どう頑張っても姉を救うことはできなかった。

カーライズが契約結婚を持ちかけてくれたからこそ、姉のために薬を買うことができた。

結果としては、人々の悪意に晒され、バレンティナとマダリアーガ侯爵家からは恨まれて、つらい思いもしたが、あれだけの金額をもらったのだから、仕方のないことだ。

冬が終われば、ここでの生活も終わる。

姉はナージェと結婚して、カロータ伯爵夫人となる。

それを見届けることはできないが、噂くらいは聞けるだろう。

姉が無事に結婚したら、王都を出よう。

遠く離れた土地で姉のしあわせを祈りながら、ひとりで慎ましく生きていこうと思う。

最後の日は、あっけなく訪れた。

王女の事件で謹慎中だったので、あれからパーティにも参加せず、ほとんど部屋で過ごしていたから、日付の間隔も少し曖昧になっていたかもしれない。

久しぶりにフェリーチェがリアナの部屋を訪れて、離縁届を差し出したのだ。

「これにサインをお願いします。屋敷からは、十日以内に出て行ってください」

「……はい、わかりました」

リアナは頷き、躊躇うことなく離縁届にサインをした。

最初と違い、まだカーライズのサインはない。多忙な様子なので、これから報告するのだろう。

サインをして渡すと、フェリーチェは確認して頷いた。

「では、これで契約は完了となります。お疲れ様でした」

「お世話になりました」

リアナは深く頭を下げる。

これで、契約はすべて終了した。

フェリーチェが部屋を出て行くと、リアナはさっそく荷物をまとめ始めた。

十日以内に出て行けということだったが、荷物はほとんどないし、今ならカーライズも留守にしている。

さっさと出て行った方が、向こうも助かるだろう。

用意してもらった部屋着用のドレスはすべてクローゼットに戻し、着古したワンピースを着る。

髪も三つ編みにしてまとめると、久しぶりに年相応な自分の姿を見たような気がした。

派手な化粧をすることも、華美なドレスを着ることも、もう二度とないだろう。

「お世話になりました」

誰もいない部屋にそう言って、頭を下げる。

黙って出て行っても良いのかもしれないが、一応礼儀として世話になったお礼の言葉を書いた手紙を置いて、教えてもらっていた裏口から屋敷を出た。

季節が巡る度に美しい花を咲かせ、リアナを楽しませてくれた庭園の前で、思わず足を止める。

この庭園が見られなくなることだけが、唯一の心残りかもしれない。

「さようなら」

リアナは小さくそう呟くと、もう振り返ることなく、一年ほど暮らしたキリーナ公爵家の屋敷を出た。

第四章　孤独な公爵

カーライズ・キリーナは、物心ついた頃から、ずっとひとりだった。

母親の顔は、もうはっきりと思い出せない。

カーライズは、広大な領地と莫大な資産。そして王家の血を継ぐ家系であるキリーナ公爵家の長男として生まれた。

何ひとつ不自由のない暮らしだったが、自分が両親にとって不要な存在であると理解するまでに、そう時間は掛からなかった。

母親は愛人の家に行ってしまって、一度も帰ってこない。

父親はカーライズを見る度に、忌々しそうに舌打ちをする。どうやらカーライズの顔は、母親によく似ていたらしい。

当主の仕事があるため、ときどき屋敷に戻ってきてはいたが、父親にもまた愛人がいて、彼女と暮らすために、同じ王都内に別荘を購入していた。

その愛人には子どもも生まれていて、父親にそっくりの異母弟がいる。

カーライズはキリーナ公爵家の跡継ぎとして、厳しい教育を強いられているのに、愛情はひとつも与えられない。

そんな日々を過ごしているうちに、カーライズの心も次第に荒(すさ)んでいった。

両親は互いに愛情の欠片(かけら)もなく、ただ貴族の義務として結婚し、その結果カーライズが生まれただけだ。

どちらも息子に、愛情どころか関心すらない。そのうち母も愛人との間に子どもが生まれ、結局両親は離縁したようだ。

そんなカーライズの唯一の心の支えが、婚約者のマダリアーガ侯爵令嬢バレンティナだった。

バレンティナは父の従兄であるマダリアーガ侯爵の娘で、父と従兄は幼い頃からとても仲が良かったようだ。

若い頃の父は放蕩(ほうとう)息子で、周囲にもかなり迷惑を掛けていたから、いっそ従兄を後継者にしようかという話も出たようだ。

けれど、どうしてもキリーナ公爵家を継ぎたかった父は、その従兄に頼み込んで、当主にしてもらっている。

従兄にも好きな女性がいて、キリーナ公爵家を継いでしまうとその女性と結婚できないため、父の申し出を受け入れたようだ。

ただし、生まれた子どもをキリーナ公爵家の跡継ぎと結婚させることを条件としたらしい。

父のところにはカーライズが。そして従兄のマダリアーガ侯爵のところにも娘のバレンティナが生まれたため、ふたりはその約束によって生まれたときから婚約していたことになる。

バレンティナは、カーライズを気遣ってくれた。

少し疲れているときは、それに気が付いて休むように言ってくれたり、話を聞いてくれたりする。

些細なことかもしれないが、今までそんな相手すらいなかったカーライズは、バレンティナに夢中になってしまった。

いずれカーライズはバレンティナを妻にして、キリーナ公爵家を継ぐ。

そのときは彼女をしあわせにできるように、何からも守れるように、勉強にも社交にも力を入れた。

けれど、カーライズが貴族学園を卒業する寸前になって、父親が異母弟を跡継ぎにすると言い出し、愛人と異母弟を連れて屋敷に戻ってきた。

異母弟であるブラウリオの母親は、子爵家出身の貴族である。

ブラウリオは、カーライズよりも三つ年下だった。

父親にとてもよく似ていて、父親もブラウリオをとても可愛がっていたようだ。

母親にしか似ていないカーライズは、自分の子どもではない。廃嫡して、本当の自分の子どもであるブラウリオを跡継ぎにすると言い出したのだ。

突然のことに、カーライズは驚いた。

たしかに両親の仲はあまり良くなかったが、父も母も愛人と暮らし始めたのは、カーライズが生まれたあとである。

それに、カーライズの背の高さと瞳の色は、父親譲りだった。

さらにブラウリオは性格も父親に良く似ていて、勉強嫌いの遊び人だった。とてもキリーナ公爵家を継げるような男とは思えない。

何よりもキリーナ公爵家の後継者でなくなってしまえば、バレンティナとの婚約も解消になってしまう。

そう思って、親戚などを頼って父親を説得しようとしたのに、彼女はあっさりとこう言ったのだ。

「キリーナ公爵家は、ブラウリオが継ぐの？　それなら、今日から私の婚約者はブラウリオになるのね」

そう言って、ブラウリオの腕に自分の腕を絡ませた。

父親とバレンティナの父親であるマダリアーガ侯爵はとても親しかったから、ブラウリオのことも昔からよく知っていたようだ。

ブラウリオもまた、カーライズに見せつけるように、バレンティナを抱き寄せた。

所詮彼女も、他の人と同じだった。

自分に都合の良いときだけ擦り寄ってきて、そうではなくなったと感じたら、すぐに乗り換える。

ふたりはもう、長年の婚約者同士のように寄り添っていた。

即座に婚約解消の手続きは進められ、カーライズが貴族学園を卒業すれば、廃嫡される予定であった。

学園卒業まで待ったのは、そうすればカーライズは成人と見なされ、父親に養育義務がなくなるからだ。

卒業と同時にカーライズは廃嫡され、母親も引き取りを拒否したので、市井に放り出されることだろう。

事情を知る友人たちも離れていったが、今さら何とも思わなかった。

両親はもちろん、あれほど寄り添ってくれた婚約者でさえ、あっさりと裏切る。

他人など、信用できるはずがない。

カーライズはもう、キリーナ公爵家のことも、自分自身のことでさえ、どうなっても構わないと思っていた。

どうせ、誰からも必要とされていないのだ。

屋敷には戻らず、学園にも行かずに、昏い瞳で町を彷徨(さまよ)うようになった。

そんなときにカーライズを拾ってくれたのが、トィート伯爵だった。

自分の娘も一時期、家出をして町を彷徨っていたことがあるらしい。だから放っておけなかったと言って、屋敷の一室を貸してくれた。

トィート伯爵のことを、信用していたわけではない。

ただ行き先のなかったカーライズは、彼に与えられた部屋で、一日を過ごすようになった。

父親が急死したのは、そんな生活を続けていた日のこと。

あと数日で学園を卒業するという頃だった。

トィート伯爵家の一室で、ぼんやりとしていたカーライズは、突然警備兵に拘束された。

急いで戻ってきたトィート伯爵が、自分の屋敷に無断で押し入るとは何事かと一喝してくれなければ、そのまま連行されていたかもしれない。

父親は、屋敷の寝室で亡くなっていたようだ。

異母弟のブラウリオは、父親が苦悶の表情をして亡くなっていたことから、毒を盛られたのではないかと疑った。

そしてあと数日で貴族学園を卒業し、廃嫡される予定のカーライズが、父親を毒殺したと訴えたのだ。

たしかに、カーライズの廃嫡と後継者変更の手続きはまだ終わっていない。

こんな状態で父親が死んでしまえば、どちらも手続きができず、キリーナ公爵家はカーライズが継ぐことになる。

疑われても仕方のない状況ではあった。

けれどカーライズには、父親を殺してまでキリーナ公爵家を継ぎたいという意思はない。

それなのにブラウリオは、婚約者であったバレンティナの名前まで出して、カーライズが犯人だと訴え続けた。

学園生活で、他の人にはまったく興味のなかったカーライズが、婚約者のバレンティナにだけは話しかけ、笑顔を見せていたのは、学園でも有名な話だった。だから、それを信じる者も多かった。

調査のために、カーライズは警備騎士団に呼び出され、数日間拘束されることになった。

バレンティナは、わざわざそこまでカーライズを訪ねてきた。

そして悲しそうな顔で、こんなことをしても私はあなたのもとには戻らない。婚約者だったから、親しくしていただけだと告げた。

背後にはブラウリオもいて、勝ち誇ったような顔をしていたことを覚えている。

父親を殺して爵位を簒奪（さんだつ）しようとしたのであれば、追放刑、もしくは死刑さえも考えられる。

けれどカーライズは、自身がどうなろうと構わなかった。

きっと自分は、生まれてきたこと自体が間違っていたのだろう。

自暴自棄になっていたカーライズを救ってくれたのは、またしてもトィート伯爵だった。

彼はカーライズを町で拾い、屋敷に泊めていたこと。

カーライズはほとんど部屋から出ずに、公爵家の屋敷にも学園にも行っていないことを証言してくれた。

さらに、医師や知人などから情報を詳細に集め、キリーナ公爵が心臓に病を抱えていたこと。

そんな状態で毎日のように飲酒していたことから、突然発作を起こして亡くなったのではないかという調査結果を提出してくれた。

実際、父親の遺体からは毒物が検出されておらず、むしろトィート伯爵が集めた証拠通りに、心臓が悪かったことが証明された。

警備騎士団でも、カーライズを犯人として拘束していたわけではなく、むしろ事件が解決するまで保護する色合いが強かったようだ。

こうして長い時間は掛かったが、カーライズの無罪は証明された。

父親は病死であり、遺書も残されていなかったことから、生前の口約束だけでは廃嫡も後継者変更もできず、カーライズがキリーナ公爵家を継ぐことが決定した。

異母弟のブラウリオはしつこく、カーライズは父親の子どもではないから、爵位を継ぐ資格はないと食い下がっていた。

どうやら父親から生前、そう言い聞かせられていたらしい。

けれど異母弟のように瓜二つではないだけで、カーライズも父親に似ている部分はある。

母親の親族も、間違いなくキリーナ公爵の子どもだと証言してくれた。

こうしてカーライズは廃嫡寸前で、キリーナ公爵家当主になることが決まった。

敵は、最初のうちに徹底的に潰しておいた方がいい。

トィート伯爵にそう助言されたカーライズは、明確な証拠もなく、父親殺しの犯人だと決めつけられ、キリーナ公爵家を継ぐ際に支障をきたす可能性があると、異母弟のブラウリオを訴えることにした。

たしかにトィート伯爵が言っていたように、ブラウリオは簡単に爵位を諦めないだろう。

またバレンティナのことを引き合いに出されるのも不快だし、もしかしたらカーライズ自身を狙ってくる可能性もある。

ブラウリオはただの意趣返しだと甘く見ていた様子だが、カーライズはもうキリーナ公爵家の当主である。

前公爵の庶子でしかないブラウリオとは立場が違う。

裁判の結果、ブラウリオは有罪となり、地方に追放されることになった。

ようやく決着がついたと思ったその直後、トィート伯爵は亡くなってしまった。

最後に体調を崩した彼の見舞いに行き、恩を返したいと言ったとき、トィート伯爵は、自分には娘のような存在がいて、彼女をよろしく頼むと言ってきた。

それが誰なのか周囲に聞いてみたとき、トィート伯爵の愛人だと知った。

彼には若い愛人がいたのだ。

両親のこともあったので、カーライズは愛人という存在にあまり良い感情を抱いていない。

だから、トィート伯爵の最後の頼みにも、何も答えることができなかった。

悩んでいるうちにトィート伯爵は亡くなってしまった。

彼の頼みを快諾できなかったことを後悔するが、彼の愛人の評判はあまり良くなく、さらに遺産の一部をもらったというのに、まだ遊び歩いているらしい。

しかも彼の亡くなった娘の名を騙（かた）り、あのトィート伯爵を振り回すほどの我が儘な女性だそうだ。

母親、そして婚約者だったバレンティナを見てきたカーライズは、トィート伯爵の愛人もまた、自分のことしか考えていない、自分勝手で我が儘な女性なのだと結論を出した。

そんな女性に夢中だったトィート伯爵が、バレンティナを愛していた頃の自分と重なって、いたたまれないような気持ちになる。

ブラウリオが追放刑になったあと、彼の婚約者だったバレンティナは、ブラウリオとの婚約を解消し、カーライズに再婚約を求めてきた。

自分に夢中だったことを知っているので、カーライズはその申し出を喜んで受けるものだと思っていたらしい。

だが、バレンティナがあっさりと自分を捨てて異母弟と婚約した時点で、愛情など欠片も残さないほど消え失せている。

むしろ何とかブラウリオの共犯として、彼女も追放刑にすることはできないかと悩んだほどである。

それなのにバレンティナは、家のために仕方がなかった、心はずっとあなたを思っていたと、心にもないことを口にする。

もちろん、カーライズはそれを退けた。

バレンティナと再び婚約することなど、あり得ない。

警備騎士団に呼び出されていた自分に、何を言ったのかもう忘れたのかと、厳しい口調で詰め寄った。

バレンティナは泣き叫んだが、かつて愛した人の涙は、まったく心に響かない。むしろ鬱陶しくて仕方がなかった。

爵位は継いだが、父と異母弟に対する意趣返しのようなもので、他の誰かと結婚するつもりもなかった。

けれど父の従兄であるバレンティナの父のマダリアーガ侯爵は、諦めなかった。

こんなときだからこそ、一族で力を合わせて、キリーナ公爵家を守らなくてはならない。

親戚たちにそう声を掛け、バレンティナを再びカーライズの婚約者にしようとしてきた。

もちろんカーライズは承知しなかったが、まだ貴族学園を卒業して、爵位を継いだばかりの若者と、かつて父よりもキリーナ公爵家当主にふさわしいと言われていたマダリアーガ侯爵とでは、力の差がありすぎた。

それでもバレンティナとの結婚だけは避けたい。

そう思っていたカーライズは、あのトィート伯爵の愛人が、頻繁にパーティに参加していることを知る。

「きっとトィート伯爵に代わる新しい愛人を探しているに違いない」

苦労をしている姉が気の毒だと、そう嘆いていたのは、その姉の婚約者である、ナージェという男だった。

トィート伯爵の愛人は、カロータ伯爵家の娘だった。

カロータ伯爵夫妻は何年か前に、事故死している。

運の悪いことに、実業家でもあったカロータ伯爵は、ちょうど事業を拡大しようと、多額の資金を借りた直後だった。

もちろん返すあてがあって借りたのだろうし、借金ではなく、事業金だった。

けれど両親を亡くした姉妹ではどうしようもなく、結果としては借金だけが残ってしまったようだ。

姉のエスリィーは、まだ入学して一年も経過していない貴族学園を辞め、借金返済のために懸命に働いていたようだ。

けれど妹のリアナは、父親の知り合いであったトィート伯爵に上手く取り入り、彼の娘の名である『ラーナ』を名乗って、贅沢な暮らしを満喫していた。

姉の婚約者であるナージェが嘆くのも、無理はない。

やはり彼女は我が儘で、自分のことしか考えていない。カーライズが、一番嫌悪するタイプの女性である。

（悪女ラーナか……）

それでも、いまだカーライズが自分を愛していると思い込んでいるバレンティナよりはましだ。

トィート伯爵に生前、愛人のことを頼まれていたこともある。

カーライズはそれをナージェに話して、リアナに婚姻を申し込んだ。

もちろん、本当に結婚するつもりはない。

期間は一年だけ。

そしてとにかくリアナはお金を欲しがっているとのことだったので、多額の報酬を支払って契約結婚してもらうつもりだった。

夫婦にはなるが、白い結婚どころか、顔合わせもする必要はない。

契約期間が終わったら、さっさと出て行ってほしい。

そんな結婚の条件に、義妹になるリアナを嫌っていたナージェも、さすがに複雑そうだった。

それでも、リアナからはすぐに承諾の返事が来た。

いくらトィート伯爵に恩があるとはいえ、愛人だった女性をキリーナ公爵夫人にするというカーライズに、さすがに親戚中から反対の声が上がった。

まして、バレンティナとの再婚約の話が出ている真っ最中である。

「トィート伯爵には、返しきれないほどの恩があります。そんな彼から、最後の願いだと言って託されたのです。彼女と結婚します」

もちろん、ただそう言って承知してくれるはずがない。

だからカーライズは、ひとつ条件を出した。

「もし彼女が噂通りの悪女で、私の手に負えなかったときは、離縁して爵位をお譲りします」

その場合、次の当主の最有力候補は、バレンティナの父であるマダリアーガ侯爵。

彼がカーライズの父親に爵位を譲ってしまったことを、ずっと後悔しているのは知っていた。

だからこそ、自分の娘をカーライズに嫁がせたがっているのだ。

もしバレンティナと結婚してしまえば、必ず義父として、色々なことに口を出してくるだろう。

今のカーライズには、それを阻止する力がないこともわかっている。

ならばいっそ、爵位を譲ってしまえばいい。

もともとあの両親からは、何ひとつ受け継ぎたくないと思っていたので、爵位を譲り、身軽になって、ひとりで生きていきたい。

バレンティナは最後まで反対していたが、マダリアーガ侯爵が承諾してくれたので、カーライズはリアナと結婚することにした。

結婚するといっても、婚姻届を提出するだけ。

どうせ一年後に離縁することは決まっているのだから、婚約披露も、結婚式も必要ない。

婚姻届に自分の分はさっさと記入して、あとは執事のフェリーチェにすべてを任せることにした。

それから数日後。

カーライズはフェリーチェに、リアナが屋敷に到着したことを聞いた。

客間に通したが、とくに不満を言うこともなく、着古した装いをして、荷物も鞄がひとつだけ。

本当に悪女ラーナなのか疑ったと、彼は語っていた。

けれどこのときのカーライズは、リアナにたいして関心を持たなかった。

一年後に爵位を譲るための準備で、色々と忙しかったこともある。

違約金のことを持ち出して脅したからか、リアナはカーライズの前に現れることもなく、部屋で静かに暮らしているらしい。

姉の婚約者のナージェからは、リアナが愛人時代の裕福な暮らしを忘れられず、借金をしているのではないかと聞いていた。実際、報酬として支払った金は、すべて他の誰かへの支払いに使ったようだ。

興味はなかったので詳細は聞かなかったが、ひとりだけ、かなりの金額を支払った相手がいたらしい。

きっとその相手に借金を支払うために、この契約結婚を引き受けたのだろう。

相手がトィート伯爵の愛人である『悪女ラーナ』であることを忘れるくらい、リアナは静かに暮らしていた。

外出先は、馴染（なじ）みの場所のようである修道院だけ。

監禁のような待遇に文句を言うこともなく、邪魔にならないよう静かに暮らしている。

最初は、一年後に離縁されないように、計画的に無害な女性を装っているのだと思っていた。

純粋で無垢（むく）なふりをして、愛しているようなふりをして、相手を騙す女性は存在する。

元婚約者のバレンティナのように。

リアナもきっと、そうなのだと。

けれどカーライズは、トィート伯爵のことを思い出す度に、本当にそうだろうかと疑問に思う。

彼は頑固そうな外見に反して、情の深い人物だった。

早くに亡くしてしまった妻と娘を今でも愛していて、娘を思い出すからという理由だけで、自暴自棄になって町を彷徨っていたカーライズを拾ってくれた。

そんな人が、いくら狡猾（こうかつ）とはいえ、若い女性に簡単に騙されるだろうか。

ラーナを頼む、と言ったトィート伯爵の瞳は、恋に浮かれた愚かな男のそれではなかった。

そこから感じたのは、ただ純粋な愛情だけ。

だからこそ、カーライズはトィート伯爵をそこまで騙した『悪女ラーナ』に、嫌悪感を抱いていた。

リアナは契約時の約束通り、ひとりでパーティに参加することもあった。

その際には、執事は悪女であることを印象づけるために、わざと華美なドレスや装飾品を身につけさせたと言っていた。

従者の報告によると、やはりリアナの印象は最悪のようだ。

貴族学園にも入学していない、礼儀知らず。

男性にばかり声を掛ける。

既婚者にも熱視線を送る。

そんな報告ばかりであった。

それを聞いて、やはり悪女であるのだと納得する反面、それが契約時の約束なのだから、無理に悪女を演じている可能性もあるのではないかと考えてしまう。

どうしてそんなことを考えてしまうのか、自分でもわからない。

恩人であるトィート伯爵が、若い女性に簡単に騙されてしまうような男だったと、思いたくないからだろうか。


そうしているうちに、大きな事件が起こってしまった。

リアナが参加したパーティに、元婚約者であるマダリアーガ侯爵令嬢のバレンティナも参加していたのだ。

バレンティナはカーライズがリアナと結婚してからも、何度も手紙を送ってきたり屋敷に訪れたりした。

キリーナ公爵夫人になるのは自分だから、早く悪女と別れて、自分を迎えに来てほしい。手紙にはそう書かれていた。

幼い頃から、いずれキリーナ公爵夫人になるのだと言い聞かせられていたせいか。

彼女の執着は、カーライズの想像以上だった。

だが、バレンティナの父であるマダリアーガ侯爵は、早々にそんな娘の新しい婚約を決めていた。

彼の計画では、そのうちカーライズはリアナと離縁して、爵位を譲る予定である。

バレンティナはキリーナ公爵夫人ではなく、キリーナ公爵令嬢になるのだ。

だから、それにふさわしい相手を選んだようで、それなりに資産家で家柄も良い、侯爵家の令息だった。

けれどバレンティナは、父の命令にも従わずに、カーライズに手紙を送り続ける。

彼女がそこまで自分に執着する理由が、カーライズ自身にもわからなかった。

むしろバレンティナが拘っているのは、キリーナ公爵夫人の座か。

このままではキリーナ公爵夫人になれないと知って、彼女はカーライズを捨てて、異母弟に乗り換えたのだから。

バレンティナは、カーライズが離婚するつもりで結婚したことも、自分の父親がその後釜を狙っていることも、知らない。

だからこそ、いつまでもカーライズに執着しているのだろう。

そんなバレンティナと、彼女の立場を奪ったことになっているリアナが出会ったのだから、何も起こらないはずがなかった。

ここからの話は、世間の噂と、従者からの報告で随分違っていた。

世間では、リアナはバレンティナをわざと挑発して、彼女を怒らせ、そんな侮辱に耐えかねたバレンティナが、ついリアナにワイングラスを投げつけてしまった。

でもそれはリアナの作戦で、彼女はそれを難なく避ける。

その背後には、友人に会いたくてお忍びで参加していた第三王女のロシータがいた。

バレンティナの投げつけたワイングラスは、よりによってロシータ王女の顔に当たってしまう。

未婚の王女の顔を傷付けたバレンティナは、咎められ、婚約も解消されて、修道院に入ることになってしまった。

すべて、バレンティナを陥れようとしたリアナの作戦だと。

たしかに、世間に広まっている『悪女ラーナ』の噂を考えれば、それが正しいように思える。

だがキリーナ公爵家に仕える従者からの報告は、真逆のものだった。

リアナを見つけたバレンティナは、取り巻きたちを連れて、散々彼女を罵った。

――没落貴族のくせに。

――教養も気品もない、派手で下品な女。

――トィート伯爵の愛人だったのに、公爵夫人になるなんて厚かましい。

そんな聞くに堪えない言葉が、リアナに浴びせられていたらしい。

それでもリアナはまったく反応せず、それにかっとしたバレンティナが、彼女にワイングラスを投げつけた。

そして彼女が避けた先に運悪く、第三王女のロシータがいた。

従者は、そう報告した。

キリーナ公爵家に忠誠を誓う彼が嘘を言うはずがないし、カーライズもバレンティナの性格はよく理解している。

そもそも普通の人間は、挑発されても簡単に相手にワイングラスを投げつけたりしない。

そんなことをした時点で、非は明らかにバレンティナにある。

おそらくバレンティナの父であるマダリアーガ侯爵が、娘の悪評を少しでも抑えようと、すべての罪をリアナに押しつけたのだろう。

修道院に入れたのも一時的なもので、噂が落ち着いた頃に、娘を呼び戻すものだと思われた。

だが、その事件はそれだけでは終わらなかった。

第三王女ロシータは国王が一番可愛がっている愛娘(まなむすめ)で、そんな娘の顔に傷を付けられた国王は激怒した。

さらに第三王女ロシータが、バレンティナがリアナをひどく罵っていたこと。

それが不快で思わず足を止めて見ていたら、ワイングラスが飛んできたと証言したのだ。

世間の噂とはまったく違う真実が明らかとなり、娘を庇って噂を広めたマダリアーガ侯爵の作戦は、完全に裏目に出てしまった。

バレンティナが、第三王女ロシータを傷付けた罪。

娘を庇って真実を隠蔽しようとした罪に問われ、父娘(おやこ)揃って地方に追放されることになったのだ。

さすがに、これにはカーライズも驚いた。

マダリアーガ侯爵家の存続は許され、爵位はバレンティナの兄のセレドニオが継ぐことになった。度重なる不祥事に、ここは身内同士で争っている場合ではないと、マダリアーガ侯爵を支持していた者たちも、揃ってカーライズが当主でいることを認めてくれた。

もうすぐリアナと離縁し、爵位を譲るつもりだったカーライズにとって、これは予想外のことだった。

爵位を譲る相手がいなくなってしまった以上、リアナと離縁しても、引き続きキリーナ公爵家当主でいるしかなくなった。

その事件の事後処理や、急に爵位を継ぐことになったバレンティナの兄セレドニオのサポートをしているうちに、あっという間に時間は過ぎ去っていく。

リアナも一応、あの事件に関わった者として、謹慎が命じられていた。

でもそれは形だけのものであり、第三王女ロシータもリアナは被害者だったと言ってくれたので、それほど大事にはならなかった。

だからカーライズは、リアナのことは執事のフェリーチェに任せ、自分の仕事に没頭していた。

そんなある秋の夜。

朝から執務室に籠もっていたカーライズは、さすがに少し疲れを感じ、仮眠をしようと思って部屋を出た。

キリーナ公爵家を継ぐつもりなどまったくなかったが、こうして寝る間もないほど働いていると、煩わしいことはすべて忘れられるような気がする。

（もう季節は秋か……）

眠ろうと思っていたが、月明かりに誘われて、少し歩こうかと庭園に足を向ける。

庭園内を歩いていると、誰かの声が聞こえてきた。

「！」

侵入者かと思い警戒するが、声は若い女性のものだ。

しかも外ではなく、部屋の中からのようである。メイドたちがお喋りに熱中しているのかと思ったが、聞こえてくるのはひとりの声だけだ。

カーライズは何となく、声のする方向に歩いて行った。

「お父様……。お母様……」

どうやら部屋の窓を開けて、空を見上げてひとりごとを言っているようだ。

あの辺りは客間である。

来客などいなかったはず、と思ったカーライズは、その声の主が書類上の妻であるリアナであると気が付いた。

暗闇で顔はまったく見えないが、聞こえる声は、想像していたよりもずっと若く、まだあどけなさを感じるくらいだ。

本当に、『悪女ラーナ』なのだろうか。

そっと耳を澄ませていると、また声が聞こえてきた。

「カロータ伯爵家は、姉様と婚約者のナージェ様が継ぎます。きっとあのふたりなら、領地と領民を守ってくれるでしょう」

少し高い声は、今は亡き両親に語りかけていた。

「姉様のことも、心配はいりません。薬がよく効いて、もう健康な人とほとんど変わらない生活をしているそうです。これからもどうか、姉様を見守ってください」

リアナの姉は、病気なのだろうか。

きっと誰も聞く者がいないと思っているからこその、彼女の本音だ。

何となく盗み聞きをしてしまった罪悪感から、カーライズは身を潜める。

「私のことは、もう捨て置いてください。姉様のためとはいえ、カロータ伯爵家の娘として、ふさわしくない行為をしてしまいました。ナージェ様が仰っていたように、きっと私には失望していらっしゃるでしょう」

声が震えている。

泣いているのかもしれない。

「どうか姉様がしあわせに暮らせますように。そして、姉様を救う手立てを与えてくださったキリーナ公爵のカーライズ様にも、しあわせが訪れますように……」

まさか自分の名前が出てくるとは思わず、カーライズは目を見開いた。

(私の、ために?)

誰も聞いていないと思っているからこそ、その祈りはあまりにも純粋だった。

カーライズは今まで一度も、こんなに優しい祈りの声を聞いたことがない。

誰かのしあわせのために祈ることも、他の誰かに祈られることも、今まで無縁だった。

家族にも婚約者にも愛されなかった男のために、誰が祈るというのか。

そう思っていたのに、今まで一度も顔を合わせたことのない女性が、カーライズのために真摯に祈りを捧げている。

しかも、厳しい条件の契約結婚を強いた相手である。

カーライズは初めて、妻となった女性に興味を抱いた。

聞こえる声はまだ若そうで、そして優しく穏やかである。

世間では『悪女ラーナ』と呼ばれ、蔑まれていた女性は、どんな人なのだろう。

声を掛けてみようかと思った。

けれど、トィート伯爵の存在を思い出し、カーライズは思いとどまった。

愛人を持つような人ではなかった。

まして、若い女性に翻弄されるような人ではなかったのだ。

これも、悪女の手口かもしれない。

そう思うとこれ以上聞くのが怖くなって、カーライズは慌てて執務室に戻った。

今、寝室に向かっても、きっと眠れないだろうという確信がある。だから、徹夜で仕事をすることにした。

（私のお陰で姉を救えた？　契約時に払った報酬のことか？　ならばリアナは、姉のためにこの契約結婚を受け入れたのか？）

噂に聞く『悪女ラーナ』とは、あまりにもかけ離れた姿。

でもあのリアナであれば、トィート伯爵が目を掛け、どうかあの子を頼むと言ったのも理解できる。

病気だというリアナの姉。

リアナは、契約結婚の報酬で、姉を救うことができたのだという。リアナが多額の支払いをした相手は、いったい誰だったのか。

手続きをした執事のフェリーチェに聞けば、その人物の正体がわかるかもしれない。

リアナのことを知りたいと思う気持ちと、騙されるわけにはいかないという気持ちが、せめぎ合う。

真実を知るには、直接リアナと話してみるしかない。

最後にはそう思ったカーライズだったが、それから忙しくなってしまい、なかなか実行することができなかった。

今年の冬は寒さが厳しく、領地でも雪の被害が多発した。

カーライズは領地の視察に行ったり、国に被害報告をしたりして、なかなか屋敷にも戻れない日々が続いた。

それらがようやく落ち着いた頃には、もう季節は春になろうとしていた。

「カーライズ様」

まともに屋敷に帰れるようになり、執務室で仕事をしていたカーライズのもとに、執事のフェリーチェが訪れた。

「どうした？」

仕事の手を止めて顔を上げると、フェリーチェは一枚の書類と、手紙を差し出した。

「これは……」

記入済みの離縁届。

それを見て、カーライズはあの日のリアナを思い出す。

「もう一年が経過しましたので、離縁届を書いていただき、十日以内に屋敷を出るようにとお願いいたしました。すると、彼女はそのまま出て行かれたようです。部屋にこの手紙が残されておりました」

「……そうか」

カーライズは手紙を手に取った。

仕事に没頭するうちに、いつの間にか時間は過ぎ、リアナは離縁届を書いて出て行ったようだ。

話をしてみたかったと思うが、リアナはカロータ伯爵家に帰っただろうから、いずれ訪ねてみようかと思う。

手紙を開くと、丁寧な筆跡で、一年間世話になったお礼の言葉と、これからのしあわせを祈っていることが書かれていた。

「そういえば、彼女が報酬を支払った先は、どこだ？」

手紙を丁寧にしまいながら、ずっと聞こうと思っていたことを尋ねる。

フェリーチェは少し考えたあと、説明してくれた。

「ひとり目は、とある女性でした。報酬の半分以上が、彼女に支払われておりました」

「女性……。何者だ？」

「支払いに向かわせるために少し調べてみたところ、どうやら貴族を中心に診察をしている女性医師のようでした」

「医師？」

リアナの姉が病気だというのは、どうやら本当のようだ。報酬の半分以上を支払ったということは、かなりの高額治療だったのだろう。

「他には？」

「はい。ふたり目はホード子爵です。どうやらカロータ伯爵家の借金を少し肩代わりしていたようで、それを返済したようでした」

「なるほど……。姉の婚約者のナージェは、ホード子爵家の者だったな」

ホード子爵家が借金を肩代わりしていたのは、おそらく爵位の継承や領地返還に関することだろう。

「残りはすべて、カロータ伯爵家に渡しておりました。支度金をもらったので、これからの資金にしてほしい、という手紙だったと思います」

「……そうか」

リアナは、報酬を自分のためにはまったく使わなかったようだ。

借金も、両親が遺したものだけである。

「それと、契約結婚の期間に仕立てたドレスや装飾品。そして、宝石店や服飾店の店員を呼んで購入したものも、すべて部屋に残してありました」

カーライズとしては、報酬の一部のつもりだった。

だからすべて持っていっても構わなかったのだが、リアナは何ひとつ持ち出すことなく、すべて置いていったようだ。

部屋の様子を確認したカーライズは、リアナと接触したメイドを呼び出して、話を聞いてみた。

「いつも静かに、窓辺に座って刺繍をしていました。食事も、多くてあまり食べられないから、スープとパンだけで構わないと」

時間が遅くなってしまったり、忘れてしまったこともあったと、メイドは申し訳なさそうに告げた。

でもリアナは一度も文句を言ったことがなかったようだ。

食事を出し忘れてしまったということは、仕事の手抜きをしたということなので、そのメイドは執事のフェリーチェが厳しく叱っていた。

ふたりを下がらせて、カーライズは改めて、リアナのサインがしてある離縁届を見つめる。

こうして冷静になって考えてみれば、いくら多額の報酬を支払ったとはいえ、随分とひどい仕打ちをしてしまったと思う。

一年間で追い出すことを前提に噂の矢面に立たせ、一度も顔を合わせたことがない。

バレンティナの悪意から守ろうともせず、第三王女のロシータが真実を話さなかったら、すべて彼女のせいになっていたところだった。

それなのにリアナは恨み言を言うわけでもなく、あんなに綺麗な祈りを、自分のために捧げてくれた。

彼女に会ってみたい。

今さらこんなことを思うなんて、自分勝手だとわかっている。

けれど実際のリアナは、噂の『悪女ラーナ』とは、まったくかけ離れていた。

どちらが本当の彼女なのか。

そしてトィート伯爵と、本当はどんな関係だったのか。

カーライズはカロータ伯爵家に連絡を入れると、翌日、仕事の合間に訪ねることにした。

初めて訪れるカロータ伯爵家の屋敷はとてもこじんまりとしていたが、温かみを感じさせる場所だった。

リアナの姉のエスリィーと、その婚約者のナージェが揃ってカーライズを迎えてくれた。

「あの、リアナはどうしていますか？」

挨拶が終わると、エスリィーは泣き出しそうな顔で、そう尋ねてきた。

「大変なことに巻き込まれてしまって、どうしているのか心配で……。何度も手紙を出したのですが、返事もなかったので、不安になってしまって」

しばらく話を聞いているうちに、どうやら第三王女の件らしいと、理解した。

エスリィーは、正式に領地を返還してもらう前なので、社交界にはあまり顔を出していなかったようだ。だからしあわせな結婚をしたはずの妹が、まだ悪女と呼ばれていることを知らない様子だった。

でも第三王女の件はさすがに耳に入ったらしく、妹のことを心配していたらしい。

「手紙？」

さすがに身内からの手紙は渡しているはずだが、最近は届いてないと聞いている。

不思議に思って聞き返すと、ナージェが気まずそうに視線を逸らした。

ナージェは、もしリアナが罪に問われてしまえば、エスリィーも巻き込まれてしまうかもしれないと思い、彼女が書いた手紙を出さなかったのかもしれない。

だが、それは自分が口を出すべき問題ではない。

そう思ったカーライズは、事実だけをエスリィーに伝えた。

「その件は、バレンティナが彼女の父親と一緒に追放刑を受けたことで収束している。たしかに関係者として謹慎を命じられていたが、それも解除になったはずだ」

だから心配ないと言うと、エスリィーはようやく安堵した様子だった。

「それで、リアナはどうしていますか？」

「戻ってきていないのか？」

エスリィーの様子を不審に思って尋ねると、彼女も困惑したようで、隣にいる婚約者を見上げている。

「ああ、契約期間が終わったのですね。ですが、彼女はここには戻らないと思います」

契約結婚のことを知るナージェが、そう言った。

「どういうことだ？」

「彼女がこの話を受けると決めたとき、一年で離縁されるような者は、カロータ伯爵家の恥となるから、離縁されても戻ってこないでくれと言いました」

「ナージェ？」

何も知らなかったらしいエスリィーが悲鳴のような声を上げて婚約者に詰め寄る。

「どうしてそんなことを。リアナは、私のたったひとりの家族なのよ」

「すべてを君に押しつけて、自分は遊び歩いているような妹など、いない方が君のためだよ」

「……違う。違うのよ。リアナは何も悪くないの。すべては私が……」

エスリィーは涙を流しながら、何度も首を横に振る。

「君は病気なのだろう？　少し落ち着いた方がいい」

見かねたカーライズがそう言うと、驚いたことにエスリィーは、自分は病気ではないと答えた。

「少し疲労が溜まっているだけです。お医者様もそう仰いました。それに薬を飲んでから、とても体調が良いのです」

「……薬」

高額な医療費は、薬代だったのではないか。

そう思ったカーライズは、エスリィーに執事のフェリーチェから聞いた名前を告げる。

「知っている人か？」

「はい。私を診てくださっているお医者様です」

エスリィーはそう答えて、不安そうにカーライズを見上げた。

「あの、契約とか……。一年後に離縁とか、どういうことでしょうか？　リアナは見初められて、しあわせな結婚をしたのではないのですか？」

悲痛な声に罪悪感を覚えながら、カーライズはエスリィーとナージェを見た。

「どうやら互いに知らない事実があるようだ。この女性医師を呼び出してくれないか？　おそらく、彼女はすべての事情を知っているだろう」

姉の主治医ならば、病気のことはもちろん、リアナの目的も知っている。

そう思ったカーライズは、エスリィーにそう頼んだ。

彼女は戸惑いながらも、その指示に従ってくれた。

女性医師が到着するまで、カーライズは契約結婚についてエスリィーに説明した。

「私が彼女に、一年間の偽装結婚を持ちかけた。報酬を支払うので、一年だけ、妻になってほしいと」

「そんな……」

エスリィーは妹が見初められたと思っていたようで、今にも倒れそうである。

「一応忠告はしたが、リアナは聞く耳を持たなかった。大方、借金でもしていたのだろう」

婚約者を支えながら、ナージェが言った。

以前にも彼がそんなことを言っていたので、カーライズもそれが事実だと思い込んでいた。

けれど、実際は違っていた。

「それが、彼女には借金などない様子だった。報酬で渡した金額の半分以上が、この女性に支払われていた」

そう言って先ほどの女性医師のアマーリアの名を告げると、エスリィーには何か思い当たることがあったようで、はっとしたように顔を上げた。

「薬……。リアナに、疲労に効くから毎日飲むようにと言われていた薬があります。たしかにそれを飲み続けていたら、体調が格段に良くなりました。高価な薬ではない、自分ひとりで支払えるくらいだから気にするなと言ってくれたのです」

おそらくその薬の代金だろうと、カーライズも思う。

エスリィーはただの疲労などではなく、きっと難しい病を患っていたのではないか。

まさかリアナが契約結婚を受けた理由が、エスリィーの薬代だとは思わなかった。

ナージェも目に見えて、動揺していた。

「だが、リアナは『悪女ラーナ』だ。今まで散々エスリィーを苦しめておいて、それくらいで……」

「違うの」

エスリィーは涙を流しながら、それを否定した。

「リアナではないわ。妹は何もしてない。『悪女ラーナ』は、私なの」

噛みしめるように、ゆっくりと告げられた言葉に、さすがにカーライズも驚いた。

「何を言う。君と『悪女ラーナ』では、雰囲気がまるで違う」

「そうだよ、エスリィー。そこまでして妹を庇わなくても……」

「リアナではないわ。だって『悪女ラーナ』が現れたのは、六年ほど前からでしょう?」

エスリィーの言葉に、カーライズもナージェも、たしかにその通りだと頷く。

当時はトィート伯爵が若い娘を連れ歩いていると、かなり話題になっていた。

「リアナは当時、まだ十一歳だったのよ。『悪女ラーナ』であるはずがないわ。全部、私が悪いの。私のせいで、あの子が……」

「十一歳……」

ならば今のリアナも、十六、七歳ではないか。

普通なら、まだ貴族学園に通っている年頃である。カーライズの父でさえ、貴族学園の卒業まで、後継者の変更と廃嫡を待っていたくらいだ。

そんな彼女に悪女であることを強要し、顔合わせさえせずに、部屋に監禁状態にしていたのか。

カーライズは気持ちを落ち着かせるように、俯いて深呼吸をした。

自分を捨てた母や、簡単に裏切った元婚約者を恨んでいた。けれど、自分がしたことも、彼女たちと同じくらい卑劣なことではないだろうか。

「エスリィー。すべて話してくれないか?」

カーライズと同じくらい打ちひしがれた様子のナージェが、婚約者の手を取って優しく促す。

自らの罪に怯えるように震えていたエスリィーは、その温もりに励まされるように頷き、ゆっくりと話し始めた。

カーライズも顔を上げた。

真実を、知らなくてはならない。

「両親が亡くなる前に、リアナのことを頼むと言われました。それが、両親と交わした最後の言葉です。リアナは当時まだ十一歳で、私が守らなくてはと、できることは何でもしました。でも、私は不器用で……。家事もまともにできなかったのです」

ナージェがそう言って、婚約者を慰めている。

今まで不自由なく暮らしていた貴族令嬢に、そんなことができるはずがない。

両親も、仕事で留守にする間だけ、妹を頼むと言ったに過ぎないのだろう。

けれどそれが遺言になってしまったことで、エスリィーは必死にまだ幼い妹を守ろうとした。

だが彼女だって、当時はまだ十六歳だったはずだ。

「私は本当に不器用で……。何とか働こうと思っても、何もできなくて」

家にあった美術品や、宝石などを少しずつ売って、何とか生活をしていた。

でもそれも尽きてしまい、エスリィーは何とかしなくてはと、仕事を求めて町に出た。

そんなとき、良い仕事があると騙されて、裏路地に連れ込まれてしまう。

「そのとき助けてくださったのが、トィート伯爵様でした。父の知り合いだったそうで、私たちの事情を聞いてくださり、自分の話し相手になってくれないか、と」

「トィート伯爵が……」

町を彷徨っていた自分に声を掛けてくれたあの人なら、きっとするだろう。

世間の噂では、彼は若い娘に簡単に騙された愚かな老人だと言われていた。

けれど自分の知る彼は、そんな人ではない。

だから恩人をそこまで貶めた『悪女ラーナ』を、カーライズは憎んでいたのかもしれない。

「亡くなった娘さんの話を、たくさんしてくださいました。娘のためだと思って厳しく接していたけれど、あんなに早く亡くなってしまうのなら、もっと好きなことを自由にやらせてあげればよかったと、深く後悔されているご様子で……」

娘が亡くなった歳と同じだったことから、トィート伯爵家のメイドと相談して、娘のラーナの服を着てみたことが、きっかけだった。

トィート伯爵は、エスリィーの想像以上に喜んでくれた。

それが嬉しくて、それからトィート伯爵のところに行ったときは、娘の服を着るようになった。

でも彼の娘のラーナは、とても華やかな美人だった。

だから少しでも似せようと、派手な化粧をして、我が儘な態度を取ってみたりした。

すべては、亡くなった娘への後悔をずっと抱えている、トィート伯爵を慰めるためだった。

だがトィート伯爵が娘の格好をしたエスリィーを、外に連れ出したことからすべてが変わってしまう。

「伯爵様は、私が彼の愛人だと言われていることを、最期までご存じありませんでした。今思えば、きちんと訴えるべきだったと思います。でもあの当時は、私さえ我慢していれば、それで良いと思ってしまったのです」

派手な格好をしていたのは、娘のラーナが派手な美人だったため。

我が儘な態度を取っていたのは、娘をもっと甘やかしたかったという、トィート伯爵のため。

だが、かなりの実業家で資産家だったトィート伯爵は、その分、敵も多かった。

巧妙に、彼の耳には入れないように、若い愛人を囲っていて、夢中になっているという噂が広まっていく。

かつては切れ者として知られていたトィート伯爵は、若い愛人に騙されている愚かな老人に。

そして彼を慰めようと、彼の娘の姿で話し相手になっていただけのエスリィーは、狡猾で我が儘な『悪女ラーナ』となっていく。

あのトィート伯爵が、そんな罠（わな）に簡単に引っかかってしまうのかと思ったが、エスリィーに夢中だったのは、本当だったのかもしれない。

愛人としてではなく、亡くしてしまった娘の代わりとして。

彼の娘への愛と後悔は、想像以上に深いものだったのだろう。

「トィート伯爵様が亡くなってしまって、悲しかったけれど、リアナにカロータ伯爵家のエスリィーとして生まれ変わるチャンスだと言われて。友人の結婚式の招待状を頂いたので、本来の自分の姿で出席しました。そこで、ナージェと出会って……」

互いに、恋に落ちた。

両親の借金も、ティート伯爵がエスリィーに残してくれた遺産のお陰で、ほとんど返済することができた。

これからは、しあわせになれるかもしれない。

そう思った矢先、ナージェの父であるホード子爵に、『悪女ラーナ』の話をされてしまった。

それが妹のリアナだと信じるナージェとホード子爵に、エスリィーは本当のことを言えなかった。

罪悪感に苛(さいな)まれて、屋敷に戻って泣いていたら、リアナが事情を聞いてくれた。

「リアナは、よかった、と言ったの。自分が悪女だと思われているのに、それでよかったと。『悪女ラーナ』は、自分が引き受けるから、どうかしあわせになってほしいと。私は……。そんなリアナの言葉を、受け入れてしまった。どうしても、ナージェを諦めることができなくて……」

「すまない。エスリィー。俺のせいだ」

泣き出すエスリィーを抱きしめながら、ナージェも泣き出しそうな声で謝罪する。

「父の知り合いに、『悪女ラーナ』はカロータ伯爵家の姉妹のどちらかだと聞いて。見かけで、それはリアナの方だと思い込んでいた。だから最初から、彼女には冷たく接してしまっていた。まさか、そんな理由だったなんて」

リアナに冷たくしてしまったことを、心から後悔している様子だった。

それは、カーライズも同じである。

恩人であるティート伯爵を貶めた悪女だと思っていたからこそ、報酬を口実に、ひどい条件の契約結婚を要求した。

　でもリアナは、ただ姉想いの心優しい少女だったのだ。

　宛がわれた部屋で静かに暮らしていたのも、外出先が馴染みの修道院だけだったのも、ドレスや宝石をすべて置いていったのも、そう考えれば当然のことだった。

　エスリィーもナージェも、そしてカーライズもすでに深い後悔に苛まれていたが、到着した女性医師アマーリアの言葉は、さらに衝撃的だった。

「仰る通り、エスリィー様は難病に冒されていました」

　カーライズにエスリィーはただの疲労だったのではなく、何か難しい病気だったのではないか聞かれたアマーリアは、淡々とそう答えた。

　自分が呼び出された理由を、彼女はすでに知っている様子だった。

「体の弱い女性が罹りやすい病気で、数年前までは、治療法もありませんでした。少しずつ体が弱り、歩くことも話すこともできなくなって、最後には視力さえも失われてしまう、恐ろしい病気です」

「そんな……」

　自分の病気を知らなかったエスリィーの顔が青褪める。

　さすがにアマーリアは、そんな彼女に申し訳なさそうに言った。

「何も知らせずに、勝手に治療をしてしまって申し訳ございません。ですが、リアナ様に口止めをされておりました」

「リアナに……」

「はい。病気を知れば、姉は絶対に治療を受けてくれないだろうと。数年前までは不治の病でしたが、今は良く効く薬が開発されました。ただ、新薬なので、とても高価な薬です」

薬の金額を知らされて、エスリィーはナージェの腕の中で崩れ落ちた。

「リアナが、あれほどお金が必要だと言っていたのは、エスリィーの治療のためだったのか……」

ナージェはエスリィーを抱きしめながら、今までのことを思い出しているのか、苦悶の表情で告げる。

「どうして俺に話してくれなかったんだろう。エスリィーのためなら、どんなことをしても金を用意したのに。やはり、あんな態度を取っていた俺のことは、信用できなくて当然か……」

「私も、ホード子爵に相談してみては、と言いました。ですがリアナ様は、それはできないと」

アマーリアが、その辺りの事情を説明してくれた。

「王家預かりになっている領地の返還には、借金を全額返金することが必要でした。姉の結婚相手の実家とはいえ、お金を借りてしまったら、領地返還が先送りになってしまう。そうなったら、姉の結婚も延期、もしくは破談になってしまうかもしれないと、怖がっておりました」

「……」

エスリィーとナージェは、無言で顔を見合わせている。

その様子から察するに、リアナの懸念は的外れなものではなかったのだろう。

「たしかに、そうかもしれません」

カーライズの視線を受けて、ナージェがそう言った。

「父は、『悪女ラーナ』が身内になることを、あまり快く思っていませんでした。エスリィーが難病で、多額の治療費が必要と知れば、婚約を解消させようとしたかもしれません」

それでもナージェはエスリィーを諦めるつもりはなかったが、父の援助なしでそれだけの治療費を用意することはできなかっただろう。

リアナが契約結婚を承知しなければ、エスリィーは回復せず、亡くなっていた可能性が高い。

アマーリアは、表情を変えて、エスリィーに優しく告げる。

「治療は一年間。先日、渡した薬で、治療は終了です。経過は順調で、薬も良く効きましたので、病気のことはもう心配はいらないかと思います」

「……そう、ですか」

そう言われても、エスリィーの顔は晴れない。

「リアナは……。妹はどこに……」

「すでに屋敷を出たようだ。忙しかったので、もう少し落ち着いたら話をしてみようと思っていたが、すでに彼女はいなくなっていた。だから、カロータ伯爵家に戻ったのだと思っていたのだが……」

「俺が、戻ってくるなと言ったからだ」

ナージェが、爪が食い込むほど強く、手を握りしめてそう言う。

「エスリィーの命を救ってくれたのに、もうすぐ義妹になる予定だったのに、俺は何てことを」

「ナージェは悪くないわ。私のせいよ。私が、『悪女』を妹に押しつけてしまったから……」

周囲から悪女と罵られようと、妹を必死に守ってきたエスリィー。

トィート伯爵にとって、彼女は愛人などではなく、大切な娘だったのだ。だから、彼女を頼むとカーライズに頼んだ。

勘違いから始まったとはいえ、ナージェも愛する女性を悪女から守ろうとしていた。たとえ病だと聞かされても、エスリィーの傍を離れなかったに違いない。

そしてリアナは、姉のしあわせのために自分の幸福をすべて手放した。

悪女と罵られても、ひどい条件の契約結婚を突きつけられても、姉のために耐えて、その命を救った。

妹のために、自分を犠牲にしていた姉。

姉のために、自分の未来を差し出した妹。

それぞれ形は違うが、愛故の行動だった。

(それに比べて、私は……)

たしかに両親に捨てられて、愛していた元婚約者に裏切られた。

けれどリアナとは、まったく関係のないことだ。

それなのに、リアナも元婚約者と同じような人間だろうと勝手に思い込み、まだ若いリアナに、あんなにひどい結婚をさせてしまった。

一番罪深いのは、自分である。

それなのにリアナは、こんな自分のために、祈ってくれた。

しあわせを祈ってくれたのだ。

彼女の高潔さを思うと、今までの自分がどれほど愚かだったのか思い知る。

謝って済むことではないが、きちんと謝罪したい。

そして、姉のために自分の幸福を捨てた彼女を、しあわせにしたい。

「リアナを探す」

カーライズは、気が付けばそう口にしていた。

「まだ離縁の手続きはしていない。彼女は、私の妻だ。必ず探し出す」

「ですが……」

エスリィーは戸惑ったように、カーライズを見上げている。

「妹にあんな結婚を強要した私を、信じられないのも無理はない。だが、キリーナ公爵家の名を使った方が、探しやすいと思う」

なにせ、今のリアナはキリーナ公爵夫人である。

「わかりました。妹を、どうかよろしくお願いいたします」

ナージェにも、公爵家の力を借りた方が早く探し出せるからと説得されて、エスリィーは承知してくれた。

必ず、リアナを探し出す。

そう決意して、カーライズは公爵家の雑務は執事フェリーチェに任せ、定期的に連絡することを約束して、長い旅に出た。

第五章　再会

静かな朝だった。

リアナは修道院の狭い部屋の中で目を覚まし、空を見上げる。

空は青く澄み渡っていて、今日も快晴のようだ。

（良い天気ね）

リアナは庭の井戸の水を汲んできて顔を洗い、身支度を整える。

長い銀色の髪をきちんとまとめて、黒いベールの下に隠した。

王都から遠く離れたこの修道院に来てから、早いものでもう一年が経過しようとしていた。

最初は馴染みの修道院に身を寄せていたのだが、姉はその場所を知っている。

もしリアナと連絡が取れないと知れば、真っ先に来てしまうかもしれない。

リアナも姉に会いたいという気持ちはある。

病気が完治したかも気になっていた。

けれど自分は『悪女ラーナ』で、姉の夫になるナージェには嫌われている。

さらにキリーナ公爵であるカーライズと一年で離縁したことで、ますます評判が悪くなっているはずだ。

自分の存在は、姉のためにもカロータ伯爵家のためにもならない。

だから姉にはもう、自分のことは忘れてほしかった。

姉がしあわせになってくれたら、リアナも、自分のしてきたことは無駄ではなかったと思うことができる。

そう考えて、修道院の人たちや孤児院の子どもたちと別れるのは寂しかったが、そこから離れることにした。

リアナが身を寄せたのは、身寄りのない女性が集まる修道院だった。

年齢もさまざまで、夫を先に亡くしてしまった老女から、色々な事情があり、離縁してしまった女性。

それから、親のいない子どももいる。

リアナと同じような年頃の女性はいなかったが、年上の女性がリアナを気遣い、よく面倒を見てくれた。

マルティナという名で、母が亡くなったときと同じ年頃の女性だ。

彼女は王都でパン屋を経営していたらしいが、数年前に流行病で夫と子どもを失っていた。

パンを作っていた夫が亡くなってもしばらくは頑張っていたが、店も潰れてしまって、この修道院に入ったようだ。

夫が亡くなったあと、すぐに店を閉めていれば、まだ王都で暮らせていたかもしれないと、マルティナは寂しそうに笑っていた。

知り合いを頼って王都を出たが、そこにも長くいられず、こうして修道院で暮らしているのだという。

そんなマルティナは、今でもパンを作ることは好きなようで、ここでもリアナや子どもたちにパンを焼いてくれたりする。

そのパンはとても美味しくて、不慣れなために店を辞めたとは思えないほどだ。

「もっとたくさん食べないと」

そう言って、たくさん食事を盛ってくれる。

(私はもう十八歳なのに……)

しかも、形だけではあるが、結婚歴もあるくらいだ。

それなのに、もっと年下の子どもと一緒に面倒を見られてしまうのは、少し恥ずかしい。

でも母親が亡くなってから、七年が経過している。

もう自分は自立していると思っていた。

だから優しく微笑みかけてくれる年上の女性の存在に、こんなに安心感を覚えるとは思わなかった。

修道院でのリアナの仕事は、病人の世話と、洗濯。そして、庭にある花壇の世話だった。

修道院の隣には施療院があり、子どもを除いた修道女は全員、そこで病人や怪我人の世話をしている。

洗濯を担当しているのは、リアナを含めて三人。

姉とふたりで暮らしていたときも洗濯はしていたので、量が多いことを除けば、それほど苦労はしなかった。

けれど花壇の世話は、リアナだけの仕事だった。

この修道院に来たばかりの頃、花壇はほとんど放置状態で、かなり荒れていた。

聞けば手入れする者もなく、何年も放置されていたらしい。

でもその状態でも花が咲いていて、リアナはその花をもっと綺麗に咲かせようと、時間を見つけては、雑草を抜いたり水遣りをしたりしていた。

「花が好きなの？」

ある日、それを見た優しい笑顔の院長にそう聞かれた。

「はい。好きです」

答えた瞬間に思い出したのは、あのキリーナ公爵邸で見た美しい庭園だ。

季節ごとに違う花が咲き、リアナの心を楽しませてくれた。

もし願いがひとつ叶うとしたら、もう一度あの庭園を眺めてみたいと言うだろう。

「そうなの。では、あなたに花壇の世話をお願いしようかしら。数年前までは、私がやっていたのよ。でも、腰を痛めてしまって……」

それからずっと、手つかずの状態だったのだという。

「あなたのような花が好きな人に世話をしてもらったら、とても嬉しいわ。少しだけだけど予算もあるから、好きな花を植えてもいいわよ」

「ありがとうございます！」

リアナは院長の申し出が嬉しくて、思わず笑顔になった。

花を眺めるのも好きだったが、いずれ自分で育ててみたいと思っていたのだ。

でも花の世話は思っていたよりも大変で、水を遣りすぎたり、植えた場所があまり良くなかったりすると枯れてしまう。

それでも院長に教えを請いながら、必死に勉強を続けた。

少し難しいかもしれないと言われた花を見事に咲かせたときは、今まで味わったことのないような達成感を覚えた。

毎日忙しいながらも楽しく働いているし、マルティナのように、リアナのことを気に掛けてくれる人もいる。

誰もリアナのことを蔑まないし、悪口を言われることもない。

以前とは比べものにならないくらい穏やかな暮らしだが、それでも姉のことが恋しくなる。

あれから一年。

もう結婚式は挙げただろうか。

領地も無事に返還され、姉の夫となったナージェは、カロータ伯爵家を継いだかもしれない。

ナージェにはあまり良い印象を持たなかったが、彼が姉のことを愛しているのは間違いない。

きっとしあわせにしてくれると信じていた。

せめて噂くらいは聞けたらと思うが、地方にある修道院に、貴族の噂などほとんど入ってこなかった。

「ラーナ、ちょっと手伝ってくれる？」

「はい、すぐに行きます」

マルティナにそう言われて、リアナは返事をする。

ここでリアナは、『ラーナ』と名乗っていた。

この修道院を訪れた際に名前を聞かれたリアナは、咄嗟にラーナと名乗ってしまったのだ。

姉が探しに来るかもしれないので、本名は名乗れないと思っていた。

けれどリアナはこれまで、ずっと姉とふたりきりで生きてきた。知り合いも友人もほとんどいない。

だから咄嗟に出てきた名前が、このラーナだけだったのだ。

最初は少し後悔した。

あまり良い思い出のある名前ではなかったからだ。

ラーナと呼ばれる度に、悪意に満ちた言葉と、蔑んだ視線を思い出す。

けれどトィート伯爵の娘のラーナの名前が、悪女の代名詞のようになってしまったのは、リアナのせいでもある。

姉を守るために、悪女としてのラーナの名を利用した。

だからせめて、ラーナの名前でひとりでも多くの人を救いたい。

そう思い直して、そのままラーナと名乗ることにした。

「ありがとう、ラーナ。これをお願いね」

マルティナに頼まれて、リアナは食事の準備を手伝う。

彼女がパンを焼いている間に、スープを作る。

ふと、リアナはキリーナ公爵邸での食事を思い出した。あの具沢山のスープは、今まで食べたものの中で一番美味しかった。

（パンもとても柔らかくて……。よく庭園を眺めながら、食事をしていたわ）

ここで暮らしていると、なぜかキリーナ公爵邸のことばかり思い出す。

姉を助けるため、借金返済のために朝からずっと忙しく働いていたリアナにとって、自分の時間をゆっくりと持てたのは、両親が亡くなってから初めてだった。

もともと外にはあまり出ないし、会いに行く友人も親戚もいない。

好きな花を眺め、好きなだけ縫い物や刺繍をして、材料費や薪（まき）の残量を気にすることもなく、美味しい食事を食べることができる。

ときどき食事が届かないこともあったが、パーティに参加することさえなかったら、あんな生活が何年続いても、問題なく暮らせたのではないかと思う。

「隣町で、流行病が発生したらしいわ」

全員揃っての食事を終えたとき、修道院の院長が、憂い顔でそう言った。

「流行病……」

夫と子どもを流行病で亡くしたマルティナの顔が青褪める。

リアナは彼女の背に、そっと手を添えた。

「生き残った人たちが、施療院に逃げ込んでくる可能性があるわ。でも、ここの病人のことを考えると、受け入れは慎重に。場合によっては、受け入れを拒否しなくてはならないことも覚えていて」

「……はい」

修道女たちは、それぞれ顔を見合わせて頷いた。

施療院では、どんな人でも受け入れることになっているが、流行病は別である。

隔離施設などないこの場所では、施療院の中で流行してしまったら、大変なことになる。

受け入れた結果、多くの命が失われてしまうかもしれないと考えると、院長の言葉は当然だ。皆はそう思っている様子だった。

でも、マルティナだけは何も言わずに俯いていた。

もし受け入れを拒否された患者が、彼女の亡くなった子どもと同じ年頃だったとしたら、マルティナは院長の言葉に従えるだろうか。

自分よりも先に亡くなった子どもに対する愛が、悲しいまでに深いことは、トィート伯爵を見ていたのでよくわかっている。

マルティナのためにも、流行病が早く終結することを願った。

けれど流行病は収まるどころか、ますます猛威を振るうようになっていく。

その病は子どもが罹りやすいようで、隣町では流行病に罹った子どもだけを置き去りにして、他の住人は逃げたという話だ。

その話を院長から聞いたリアナは、言葉を失った。

（そんな……）

無関係な大人だけではなく、その子どもの親たちでさえ、病を恐れて逃げ出したようだ。

この流行病は、それだけ恐ろしいものなのか。

他の修道女たちもこの話を聞いて、しばらくは隣町に近寄らないようにしようと話し合っていた。

（マルティナさん……）

リアナは彼女が、思い詰めたような顔をしていることが、気になった。

その話を聞いた日の夜、リアナはまったく眠れずに窓から外を眺めていた。

ここからそう遠くない隣町に、親にも見捨てられて、病に苦しむ子どもたちがいる。

そう思うと、とても眠ってなどいられなかった。

流行病がどれだけ恐ろしいものか、リアナも話で聞いてよく知っている。

町ひとつが全滅してしまったという話も、あったくらいだ。

だから、流行病の患者を受け入れないと決めた院長も、一家全滅を避けるために子どもを置いていった親も、苦渋の決断だったとわかっている。

わかっていても、苦しかった。

せめて様子を見に行きたいと思っても、もしリアナが病を持ち帰ってしまえば、話は修道院と施療院だけでは終わらない。

この町全体に、流行病が広がってしまう可能性がある。

せめて町の入り口に食糧だけでも置いておけないかと思うが、この修道院には余計な蓄えはまったくなく、切り詰めて生活しているくらいだ。

リアナ個人にも、資産はなかった。

自分の無力さが悔しい。

悪女と呼ばれ、蔑まれるよりも、苦しんでいる子どもがいるのに、何もできないことの方がつらいと思い知った。

朝になっても一睡もできなかったリアナは、少しでも頭をすっきりさせようと、庭にある井戸に顔を洗いに行く。

すると、同じような顔をしたマルティナに会った。

「ラーナも、眠れなかったみたいね」

「……はい」

ラーナと呼ばれ、この名前を名乗ろうと思った理由を思い出す。

この名前を悪女として貶めてしまった代わりに、ひとりでも多くの人を救うことができれば。

そう思っていたはずだ。

「マルティナさん、私、隣町に行こうと思います」

ただ、様子を見に行くだけのつもりはない。

流行病が落ち着くまで、向こうに住んで子どもたちの面倒を見ようと思っていた。

その決意を告げると、マルティナは驚いたような顔をして、リアナを見た。

「私も今日、院長先生にそう言おうと思っていたんだよ。でも、ラーナはまだ若いんだから、もっと自分を大切にしなきゃ」

「いいえ」

マルティナは優しくそう言ってくれたが、リアナの決意は覆らなかった。

「こうしている間にも、苦しんでいる子どもがいるかと思うと、胸が痛くて。このまま何もせずに普通に生活していくなんて、できませんでした」

一晩だけで、こんなに苦しいのだ。

このまま何もせずにいたら、もっと苦しくなるに違いない。

そう言うと、マルティナは少し考えたあと、リアナに言った。

「その苦しさは、私にもよくわかる。このままじゃ、もっとひどくなっていくこともね。じゃあ一緒に、院長先生のところに行こうか」

「はい」

突然院長室を訪れたマルティナとリアナの姿に、院長はふたりの目的が何なのか、わかっていたのだろう。

「マルティナは来るだろうと思っていたけれど、ラーナもなの？」

そう言って、少し困ったように笑った。

「院長先生、勝手なことを言って申し訳ございません。どうか、隣町に行かせてください」

「お願いします」

マルティナに続いて、リアナも頭を下げた。

「隣町に足を踏み入れたら、もう流行病が収まるまで、ここに帰ってくることはできないわ」

「もちろん、それは承知しております」

リアナが答えると、マルティナも頷いた。

「今回の流行病は、数年前のものと比べても恐ろしいもの。それも、わかっているのかしら？」

リアナとマルティナは顔を見合わせて、頷いた。

「覚悟の上です」

「そう。ならば、これを飲んでから行きなさい」

院長はそう言って、机の上に液体の入った小瓶をふたつ置く。

「これは……」

「流行病の予防薬です。何とかふたつだけ、手に入りました。けれど、これはあくまで予防薬。けっして病に罹らないという保証はありません」

予防薬があるという話は、聞いていた。

それも一部の裕福な市民たちの手にしか渡らないもので、彼らは病が流行っている場所にはけっして行かないのに、高価な予防薬を買い占める。

貴族たちには行き渡っていないらしいが、もともと彼らは流行病が発生するような場所とは無縁だ。

そんな高価な予防薬が、ふたつもここにある。

「どうして、これが……」

この修道院は、経済的な余裕はあまりなかったはずだ。

「少し、昔の伝手を使ったの。マルティナは絶対に隣町に行くと言うと思ったから、マルティナとふたりで行こうと思って」

そう言って、院長はリアナを見た。

院長は、ある裕福な商会の代表の妻だった。

そんな噂をされていたことを思い出した。

「まさか、あなたも行くと言うとは思わなかったわ。ここは私たちに任せてもいいのよ。あなたにはまだ、未来があるもの」

「いいえ」

リアナは首を横に振る。

「どうか、行かせてください」

そう言うと、院長は頷いてくれた。

「わかったわ。しばらくマルティナのパンが食べられないのは、寂しいわね。花壇の世話は、私がやっておくわ。気を付けてね」

「はい。ありがとうございます」

リアナはマルティナと一緒に頭を下げて、予防薬を飲む。

大変だったろうに、隣町に行きたいと言うだろうマルティナのために、院長は必死に予防薬を探してくれたに違いない。

それからマルティナとふたりで荷造りをして、昼過ぎには隣町に出発した。

事情を知った町の人たちが、食糧や衣服などを分けてくれる。

「気を付けて行くんだよ」

「人がいなくなった町には、盗賊も出る。鍵の掛かる部屋で暮らすようにね」

そう言って、気遣ってくれた。

たくさんの物資で荷物があまりにも多くなってしまい、歩くのが大変だった。

荷物の重さでふらつきながら必死に歩き続け、何とか日が暮れる前に、隣町に辿り着くことができた。

きっと町は、ひどい状態だと思っていた。

マルティナが流行病を経験したときは、町中に遺体が転がり、苦しむ人々のうめき声が響き渡っていたという。

歩きながらそんな話を聞いていたので、リアナも覚悟はしていた。

けれど実際には、町は無人のように静かで、誰も倒れていない。

った。

「教会に行ってみましょう」

マルティナにそう言われて、リアナも頷く。

この町に施療院はなかったが、たしか教会で病人の面倒を見ていたはずだ。

ふたりは教会に向かう。

入り口には、鍵が掛かっていて入れない。だから裏口に回ってみたが、ここは施錠されていなかった。

顔を見合わせて、ゆっくりと扉を開く。

するとそこでは、複数の子どもたちが集まって、食事の支度をしていた。

扉を開ける音に気が付いた子どもたちが、リアナとマルティナを見て驚いていた。

「お姉ちゃんたち、誰？」

その中でも一番年上と思われる子どもが、警戒した口調でそう尋ねる。

まだ十歳くらいだろうか。

黒髪の可愛らしい少女だった。

「隣町の修道院から来たのよ。ここに住んでいるのは、これで全員？」

数えてみると、子どもは六人ほどだ。

マルティナがそう尋ねると、少女は首を横に振る。

「ううん。もっと奥にたくさんいるよ。ここにいるのは、ライ様のお陰で元気になった子たち」

「ライ様？」

「うん。お父さんもお母さんも、知り合いの人たちも、みんなわたしたちを置いて逃げちゃったの。ご飯もないし、体も苦しいし、どうしたらいいのかわからないとき、助けてくれたのがライ様だったの」

その人は若い男性で、旅の途中だったようだ。

子どもたちだけが取り残された町があると聞き、たくさんの食糧を持って、この町に来てくれた。各家を回って取り残された子どもたちを教会に集め、ずっとひとりで看病してくれたのだという。

「私たちより先に、この町の子どもたちを助けようとした人がいたんだね」

マルティナは、嬉しそうにそう言った。

子どもたちを見捨てる大人ばかりではないと、リアナも嬉しくなる。

「でもどうしてライさん、じゃなくてライ様なの？」

マルティナが聞くと、少女は首を傾げる。

「本当はもっと長い名前だったけど、覚えられなくて。そうしたら、ライ様がライでいいって言ってくれたの」

ライ『様』なのは、子どもから見ても、明らかに上流階級の人だったからのようだ。

「その方は、今どこに？」

そう尋ねると、少女は途端に泣き出しそうな顔をする。

「一番具合の悪い子を、ライ様は毎日看病してくれていたの。そしたら、ライ様も病気になってしまって……」

重症の子どもと一緒に、教会の奥の部屋にいるらしい。

元気になった子どもは、再び病になってしまうことを懸念して、その部屋に立ち入ることを禁止されていた。

「お姉ちゃんたち、お願い。ライ様の様子を見てきてほしいの。あれからもう三日も経ってしまったから……」

周囲にいた子たちも、少女に呼応するように泣き出してしまった。

親に見捨てられ、病に冒されて苦しい中、助けてくれた大人の存在は、どれだけ彼女たちを救ってくれたのだろう。

泣いている子どもたちを慰めながら、マルティナと視線を交わして頷き合う。

「わかったわ。私たちが様子を見てくるから、心配しないで」

そう言って、部屋の奥に進んでいく。

手前には広い部屋があって、そこにも数人の子どもが眠っていた。呼吸も落ち着いていて、顔色もそう悪くない。

回復傾向にあるようだ。

さらに奥には、呼吸の荒い子どもがいた。重症だというのは、きっとこの子のことだろう。

マルティナが、さっそく看護している。

「この先を見てきてくれる?」

この部屋のさらに奥に扉があった。

ライという人物がいるとしたら、きっとそこだろう。

「はい」

マルティナに促されて、リアナはさらに奥の部屋に進んだ。

そこには粗末なベッドがひとつあって、男性が横たわっていた。

彼が、子どもたちの言うライ様だろうか。

暗くて何も見えなかったので、手元にあった燭台に明かりを灯す。

淡い光が、部屋全体を照らした。

彼は、ベッドに仰向けに横たわっていた。

額には汗が滲み、息も荒い。

白い肌が紅潮しているので、熱が高いのかもしれない。

けれど乱れている金色の髪は輝くほどの美しさで、顔立ちも、こんな状況だというのに思わず見惚れてしまうほどだ。

明らかに、一般人ではない。

これでは、子どもたちがライ様と呼ぶのも当然かもしれない。

（裕福な商人……。いえ、貴族かもしれない）

そんなことを思いながら、とりあえず汗を拭こうと、持ってきた清潔なタオルを額に当てる。

すると、固く閉ざされていた彼の瞳がゆっくりと開かれた。

その瞳を見た途端、リアナは息を呑んだ。

（カーライズ様？）

この深い藍色の瞳は、忘れるはずもない。

けれどキリーナ公爵家の当主であるはずの彼が、こんなところにいるはずがない。

でもよく見るとこの顔立ちも、この瞳も、間違いなく昔、キリーナ公爵家で垣間見たカーライズである。

（カーライズ様……。だから、ライ様？）

信じられない思いで見つめていると、彼の瞳はまた閉じてしまう。

苦しげな様子に、まず看病をするのが先だと、我に返る。

隣の部屋のマルティナのところに戻り、ライ様と思われる人物がいたこと。かなり熱が高く、あまり良い状態ではないことを告げる。

「こっちの子どもも、重症みたい。まずは、看病に専念しましょう」

「わかりました」

修道院から持ってきた熱冷ましや、呼吸を楽にする薬などもあるが、意識のない状態で飲ませるのは難しいし、危険だ。

だからまずは熱を下げようと、何度も外にある井戸でタオルを冷やして額に当てたり、汗を拭いたりした。

「この人が、ライ様？」

あとからこちらの様子を見に来たマルティナは、カーライズを見て驚いたようだ。

「すごいね。こんな綺麗な人は初めて見たよ。裕福な商人、程度ではないね。もしかしたら、貴族かもしれない。そんな人が、どうしてこの町に……」

「わかりません。ただ、ここにいる子どもたちは彼に救われたようです」

病に罹ってしまったところを見ると、予防薬は飲んでいなかったのだろう。たしかにあの薬は、町に出ることはない貴族たちには出回っていなかった。

それなのに、ここに留まって子どもたちを助けていたのか。

その行動の理由はわからない。でも、多くの子どもの命が救われたことはたしかである。

子どもたちに状況を伝え、そちらの面倒も見ながら、マルティナと手分けをして、重症の子どもとカーライズの看病を続ける。

一晩中、ほぼ寝ないで看病を続けていた。すると翌朝になって、ようやく少し熱が下がってきたようだ。

彼は再び目を開き、深い藍色の瞳でリアナを見つめる。

「……君、は？」

声を掛けられてどきりとしたが、カーライズはリアナの顔を知らないはずだ。

しかもリアナは、修道女の格好をしていて、目立つ銀色の髪もきっちりとまとめて、ベールの下だ。

だから、穏やかな声でこう告げる。

「隣町の修道院から来ました。熱は少し下がりましたので、この薬を……」

「私のことはいい。子どもたちから治療してほしい。まだ向こうに、意識の戻らない子どもがいる」

そう言って起き上がろうとする彼を、慌てて押しとどめる。

「大丈夫です。向こうで別の修道女が面倒を見ています。意識も戻りました。あなたが一番、重症ですよ」

そう言うと、安堵したようにベッドに崩れ落ちる。

「そうか。助かったのか。よかった……」

そう言う彼の瞳の穏やかさに、泣き出したいような気持ちになる。

あれほど昏い瞳をして、すべてを恨んでいたかのような人が、子どもを守ろうと、自らの危険も顧みず、こんなところにいる。

いったい彼に、何があったのだろう。

「……上流階級の方かと思いますが、どうしてここに？」

薬を差し出しながらそう尋ねてみると、カーライズは何かを思い出すように、目を細める。

「私も、かつて親に捨てられたことがある」

そう言って、リアナを見上げた。

深い藍色の瞳に宿るのは、怒りではなく悲しみだった。

「だから、あの子たちを見てしまったら放っておけなかった」

カーライズは、キリーナ公爵家の当主である。

だから親から捨てられたといっても、ここの子どもたちとはまた、状況がまったく違うだろう。

でも、本来ならば庇護してくれるはずの親から、見放されて放置されたという事実は同じ。

傷付いた心も、きっと同じだろう。

「そうだったのですね」

リアナは、彼の気持ちに寄り添うように、静かに頷いた。

「教会の裏口近くにいる子どもたちは、ほとんど回復しておりました。ライ様のことを、とても心配していましたよ」

そう言うと、彼の表情も柔らかくなる。

「そうか。すまないが、あの子たちのこともよろしく頼む」

彼の、こんな穏やかな表情は初めて見た。

リアナも思わず笑みを浮かべていた。

「こんな地方に、何かご用だったのですか？」

リアナの知るカーライズは、公爵家の当主で、いつも多忙であった。

それが、王都から遠く離れた土地に、しかもたったひとりでいたことに疑問を覚えて、つい尋ねてしまう。

「人を、探していた」

カーライズはそう答えた。

どきりとしたが、彼が自分を探しているはずがない。

「彼女の姉に、必ず探し出すと約束したのに、手がかりさえ摑めない」

まだ熱があってぼんやりとしているのか、カーライズはひとりごとのように、そう呟いた。

(姉……)

二年前、別れたきりの姉の顔が浮かんだ。

カーライズは本当に自分を探しているのだろうか。姉に約束したと言っていた。もしかして、姉に何かあったのではないか。

そう思うと不安になるが、それを彼に尋ねることはできない。

「顔も知らない相手を、探せるはずもないか……」

小さく呟いたカーライズは、そう言いながらリアナを見上げた。

「……っ」

まっすぐに見つめられて、どきりとする。

「だが君の声は、私が探している人によく似ている気がする」

そう言われて、息を呑んだ。

でもカーライズが、自分の声を知っているはずがない。

「……そう、なんですね」

何とかそう答えて、視線を逸らした。

動揺を悟られないように、平静を装う。

でも彼が探しているという、顔も知らない相手というのは、自分である可能性が高い。

姉に何かあったのかと思ったが、新薬は姉の体によく合って、もう元気になったはずである。

ならば、姉は女性医師のアマーリアに、事情を聞いてしまったのだろうか。

彼女は患者本人に病気のことを話さないのを、あまり良く思っていない様子があった。だから、完治した際にすべてを話してしまったのかもしれない。

そうだとしても、姉には罪悪感など持ってほしくない。

ただしあわせになってくれたら、それでいいのだ。

「君は……」

そんなことを考えていたリアナに、カーライズは声を掛ける。

「は、はい」

「君たちは、大丈夫なのか？　病が移るといけない。私はもう大丈夫だから、この部屋から出た方がいい」

まだ体調が優れないだろうに、カーライズはリアナたちのことまで気遣ってくれた。

「私たちなら、大丈夫です。修道院の院長先生が、流行病の予防薬を手に入れてくださったのです。それを飲んでいますから」

「予防薬……。そんなものがあるのか。ならば、子どもたちを捨てるよりも、その予防薬を手に入れた方がいいだろうに」

カーライズはそう言ったが、彼はこの薬が町の人たちにとってどんなに高額か知らないのだろう。

「薬はとても高価なもので、裕福な方しか買えません。私たちの予防薬も、院長先生が昔の伝手を駆使して、ようやく手に入れてくださったのです」

「そうなのか。たしかに、薬はかなり高価なものだったな」

カーライズはそう言うと、目を閉じる。

「まだ体力が回復しておりません。もう少しお休みください」

「……ああ、ありがとう」

彼が眠ったことを確かめて、リアナは部屋を出た。

隣の部屋を覗くと、マルティナが子どもの頭を優しく撫でて、小さな声で子守歌を歌っていた。

こうやって、自分の子どもにも歌ってあげていたのだろう。

その穏やかで優しい声を聞いていると、胸が痛くなる。

リアナは裏口近くの部屋に戻り、ここにいる子どもたちの様子を見て回る。

「お姉ちゃん」

最初にこの教会を訪れた際、話を聞かせてくれた黒髪の少女が、リアナを見つけて走り寄ってきた。

彼女は、自分の名前をエミリーだと教えてくれた。

「エミリー、具合はどう？」

「わたしはもう大丈夫。ライ様はどう？」

「まだ熱が下がりきらないの。でも、最初に比べたら元気になってきたわ」

そう言うと、エミリーはほっとしたようだ。

「捨てられたわたしたちを、ライ様だけは見捨てずに一緒にいてくれたの。だから、ライ様が元気になってよかった」

体調が回復した子どもたちは、不思議と親のことを話さなかった。

親に会いたい、家族が恋しいと泣くだろうと思っていたリアナは、少し拍子抜けしたくらいだ。

「元気になれば、またお父さんとお母さんに会えるからね」

きっと我慢をしているだけだろう。

そう思って子どもたちに声を掛けたリアナだったが、彼女たちは無言で首を横に振る。

「エミリー？」

「もうわたしは死んだことにするって、お母さんに言われたの。生き残っても、自分たちのもとに来てはいけないって」

リアナはその言葉に衝撃を受けて、思わず周囲を見渡した。

どの子どもも、エミリーと同じような暗い顔をしている。

この子たちの親は、子どもを捨てるときに、そんなひどい言葉を告げたのか。

「流行病って、そういうものなんだよ」

マルティナのところに戻ってそのことを伝えると、彼女は子どもたちの頭を優しく撫でながら、そう言った。

「病人を出した家は、たとえ完治しても爪弾き（つまはじき）にされる。お前の子が病気を持ち込んだせいで、家族が死んだ。恋人が死んだと言って、憎まれる。私もそうだった」

マルティナは、まるで目の前にそう言った相手がいるかのように、空を睨む。

「たしかに私の夫と子どもは、流行病で亡くなってしまった。でも、店は綺麗にしたたし、私は病気にはならなかった。それなのに、あの店のパンを買うと病気になるぞ、と噂されてしまって。そうなったら、もうどうにもならなかったよ」

「そんな……」

以前、夫ほど上手くパンが作れなかったから潰れてしまったと、マルティナは語っていた。

でも、そうではなかったのだ。

たとえ回復しても、あの家から流行病の病人が出たと噂されてしまうと、そこで暮らしていくことができなくなってしまう。

だから、子どもたちに回復しても戻ってくるな、もう死んだことにすると言って、捨てていったのか。

リアナは何も言えなくなって、両手をきつく握りしめた。

ここにいる子どもは、全部で十五人。

それだけの子どもたちが、もし完全に回復しても、帰る場所もなく待っている人もいないのだ。

そんな状況で、自分の身も顧みずに助けてくれたカーライズを、子どもたちが慕うのは当然かもしれない。

それからは、洗濯や掃除などの家事をして過ごしていたが、どうしても気持ちが落ち着かない。

子どもたちのことばかり考えてしまう。

夕方になると、パンの焼ける良い匂いが漂ってきた。

「まずは元気にならないとね。さあ、食事にしよう。具合の悪い子はいないかい？」

マルティナが明るくそう言って、子どもたちに焼きたてのパンを配っている。

リアナも慌てて給仕を手伝った。

修道院で置き去りにされた子どもたちの話を聞いたときから、マルティナはこの子たちに帰る場所がないことを知っていたのだ。

だからこそ、余計に放っておけなかったのだろう。

「リアナは、ライ様に食事を持っていっておくれ」

「はい」

トレーを渡されて、リアナはそれを持ってカーライズの部屋に向かう。

まだ眠っているかもしれないが、食事をして薬を飲まないと、なかなか回復しないだろう。

「お食事をお持ちしました。食べられますか？」

椅子に座りそっと声を掛けると、カーライズはゆっくりと目を開ける。

「子どもたちは」

「向こうで、同じ修道女のマルティナさんが見てくれています。だから安心してください」

「そうか。よかった」

そう言うと、カーライズは安堵したように頷いた。

親にも捨てられた子どもたち。

でもカーライズのように、自分の身よりも子どもたちを心配し、常に気に掛けている人もいる。

そう思うと、少し救われたような気持ちになる。

「何かあったのか？」

そんなことを思っていると、カーライズがリアナを心配そうに見ていることに気が付いた。

「い、いいえ。あの……」

彼とは一年間、同じ屋敷で夫婦として暮らしておきながら、一度も顔を合わせることなく、話すこともなかった。

そんな相手と、こんな至近距離で話をしている。

それを不思議に思いながら、カーライズの気遣うような視線に、思わず先ほどのことを話してしまっていた。

「あの子たちが、自分の親にそんなことを言われたと思うと、つらくなってしまって……」

「ああ。私も、それを聞いたときは怒りを覚えたよ」

カーライズもその話を知っていたらしく、リアナの言葉に同意するように頷いた。

「私がこの町に辿り着いたときは、生きる気力をなくしてしまっている子どももいた。こんな子どもたちが、ひとりで生きていけるはずがない」

「はい……」

せめてここにいる子どもたちだけでも、何とかできないだろうか。

リアナには何もない。

ただの修道女でしかないのだ。

何もできないことに、罪悪感を覚えてしまう。

「心配するな。ここの子どもたちのことは、私が引き受けよう」

カーライズは、不安そうなリアナにそう言ってくれた。

「え？」

「ここまで関わったからには、最後まで責任を持つ。だから、そんな顔をするな」

優しく頭を撫でられて、リアナは慌てた。

「あっ……、ありがとう、ございます」

温かい、大きな手。

その手に触れられた瞬間、胸がどきりとした。

たしかにカーライズなら、それだけの資金も権力もある。

彼は、キリーナ公爵家の当主なのだ。

子どもたちは、もう大丈夫だ。

そう思った途端に、涙が溢れてきた。

「……ごめんなさい。泣くつもりは……」

今まで流してきたのは、悲しみの涙だった。

でも、この涙は違う。

安心しても涙が出るのだと、リアナは初めて知った。

「君も、きっと苦労してきたのだろうね」

そう言ったカーライズの声は、優しかった。

「だから子どもたちの境遇を心配して、共感することができる。そういえば、まだ君の名前を聞いていなかったね。私は、カーライズという。子どもたちはライと呼んでいるから、そう呼んでほしい」

「は、はい。私は……」

名前を答えようとして、躊躇う。

彼の前で、ラーナと名乗っても良いだろうか。

でもマルティナはリアナのことをラーナと呼んでいるし、今さら違う名前を名乗るわけにはいかない。

それに本名を名乗る勇気も、まだなかった。

「ラーナと、申します」

震える声でそう告げると、さすがにカーライズは少し驚いたような顔をした。

けれど、それをすぐに押し隠し、穏やかな笑みを浮かべる。

「ラーナか。よろしく頼む」

かつて、誰からも嫌悪されていた名前を優しく呼ばれた。

不思議と胸が高鳴る。

どうしたらいいのかわからない感情に陥って、リアナは胸を押さえた。

（そんなに優しい声で、名前を呼ばないで……）

自分の感情なのに、どうしたらいいのかわからなくなって、戸惑ってしまう。

「あの、食事をどうぞ」

本来の目的を思い出し、気持ちを切り替えてそう言った。

食欲はあまりなさそうだったが、子どもたちのためにも早く元気になってほしいと言うと、何とか食べてくれた。

それから熱冷ましと、呼吸が楽になる薬を飲んでもらう。

「この薬も、高価なのか？」

「いえ、これは修道院で作っている薬です。山から薬草を摘んできて、それを煎じて作ります」

「そうなのか。私にはまだ、知らないことがたくさんあるな」

そう言って興味深そうに、薬の瓶を眺めている。

彼の瞳には、以前のような昏い影はなく、その濃い藍色の瞳は、興味深そうに輝いていた。

以前とは、まったく別人のようだ。

カーライズは、人を探していると言っていた。

その人の姉にも頼まれているが、顔も知らない相手だという。

きっと自分のことだろうと、リアナは思っていた。

けれど、それを確かめる勇気がない。

姉にはもう、自分のことは忘れてしあわせになってほしい。

それに、カーライズに自分が『悪女ラーナ』だと知ってほしくない。

自分が元妻で契約結婚の相手であったと知れば、きっとこんなに優しく名前を呼んでくれないだろう。

「ラーナ、どうした？」

俯いたリアナを心配して、カーライズがそう尋ねる。

最初から敵意のある相手に蔑まれても、何とも思わなかった。

つらいことがあっても、姉のためだと思うと頑張れた。

でも、こんなに優しく名前を呼ばれたあとに、彼に蔑むような視線で見られたら、疎ましく思われてしまったら、きっと耐えられない。

「まさか、熱が？」

「だ、大丈夫です！」

額に触れられそうになって、慌てて身を引く。

「少し顔が赤いようだが……」

「元気ですから、ご心配なく」

そう言って勢いよく立ち上がってみせると、カーライズはそんなリアナを見て笑う。

「そうか。でも無理はしないように」

「……はい」

優しく微笑みかけてくれる姿に、こんなに切ない感情を抱くなんて思わなかった。

適切な治療と栄養のある食事、そしてマルティナの献身的な看病もあって、さすがに子どもたちの回復は早かった。

重症だった子どもも、他の子どもたちと合流して遊べるほど元気になっていた。

けれどカーライズはまだ、ベッドにいる時間が長かった。

「情けないことだ」

彼はそう言って自嘲する。

「子どもの回復は早いですから」

リアナはカーライズの世話をしながら、そう言った。

それに、彼は生粋の貴族である。

こんな地方までひとりで旅をしてきたのだとしたら、疲れが出ていてもおかしくはない。体力が落ちていて、回復が遅いのだろう。

もしリアナたちがこの町を訪れていなかったら、一番危なかったのはカーライズかもしれないと思うと、ぞっとする。

マルティナの話だと、回復してから十日も経過すれば、もう他の人に感染することはないという。もう何日か経過すれば、裏口近くにいた子どもたちは、他の町に移動しても問題はない。

けれど、親元に帰れない子どもたちは、ここにいるしかない。

「これからどうしようね」

パンを焼きながら、マルティナが深刻そうに言った。

「修道院で受け入れられる数にも限界があるし、他の孤児院では、流行病に罹っていた子どもだと聞けば、受け入れを拒否するだろうからね」

「そのことですが」

まだマルティナには話していなかったと、リアナはカーライズとの会話を伝えた。

「ライ様が、面倒を見てくださるそうです」

「本当かい？　たしかにライ様が面倒を見てくれるのなら、安心だね」

マルティナは、安堵した様子で何度も頷いた。

少し寂しそうにも見えるのは、子どもたちと別れるのがつらいのかもしれない。

まだ家族を失った悲しみを、忘れられないのだろう。

「でもそのライ様がまだ回復していないので、しばらくはここで暮らすことになりますね」

彼女を慰めるためにそう言うと、マルティナも笑顔になって頷いた。

「そうだね。子どもたちのためにも、ライ様には早く元気になってもらわないと」

回復したら、彼は子どもたちを連れてこの町を出て行く。

そうなったら、もう二度と会えないだろう。

そう思うと胸が痛くなって、リアナは俯いた。

かつて夫だった人に、リアナは恋をしているのだろうか。

（だって、あんなに優しく名前を呼んでくれた人なんて、今まで姉様以外にはいなかった……）

大きくて温かい手で頭を撫でられたときの安心感は、きっとこれからも忘れることはないだろう。

この想いを伝えたいとは思わない。

恋の成就も、望んでいない。

自分の元夫に恋をするなんて、と思うが、この気持ちはどうにもならない。

せめてこの町で暮らしている間だけでいいから、想い続けることだけは、どうか許してほしい。

誰に許しを得ようとしているのかもわからないまま、リアナはただ、それだけを願っていた。


「さすがにそろそろ、薪が足りなくなってきたね」

この町に来てから、もう十日ほど経過していた。

子どもたちもほとんどが回復して、リアナやマルティナの手伝いをしてくれるようになった。

心配だったカーライズも、順調に回復している。

これだけ短期間で元気になれるのなら、子どもたちを置いていかなくてもよかったのではないかと思うが、ここまで回復できるのは稀だと、マルティナが教えてくれた。

「この辺りの町には貧しい人が多くて、子どもたちもあまり栄養状態が良くないからね。ライ様が最初に栄養のあるものを食べさせてくれて、院長先生が薬を惜しみなく分けてくださらなかったら、半数の子どもは命を落としていたかもしれないよ」

この町の住人が、子どもたちだけではなく、町ごと捨てたのは、すでに半数以上の人が流行病で亡くなっていたからだと教えてくれた。

最初は流行病だと気付かず、町中で普通に病人と接していた人もいて、あっという間に広がったらしい。

だから子どもたちも、親に捨てられただけではなく、すでに両親を亡くしている子どももいるだろうと、語ってくれた。

「そうだったのですね……」

流行病が知れ渡ると、物流も滞って、商品が届かなくなる。

薬も食糧も、まったく足りていなかっただろうという話だった。

リアナはカーライズに高価な薬なのかと聞かれ、山で薬草を摘んできて修道院で作った薬だと答えたことがあった。

けれど薬草を摘むのも手間が掛かるし、売ればそれなりの値段で売れる薬だ。

その利益と予防薬のことを考えれば、修道院の院長も、かなりの額を子どもたちに使ってくれたことになる。

修道院のある町の人たちも、貴重な食糧を惜しみなく分けてくれた。

そして何よりも、マルティナはほとんど休まずに、献身的な看病をしていた。

子どもたちも簡単に回復したわけではないと気が付いて、反省する。

「教会の裏の小屋に、薪がたくさんありました。取ってきますね」

リアナも、もっと働かなくてはならないと思って、教会の外に出た。

防犯のためにも、表の入り口はいつも施錠していたから、裏口に回って外に出ようとする。

「ラーナ、どこに？」

すると、背後から声を掛けられた。

振り返ると、カーライズが心配そうにこちらを見ている。

「ライ様、起きていても大丈夫ですか？」

「ああ、平気だよ。ラーナには本当に世話になったね」

寝込んでいた時間が長かったので、まだ体力は回復していないだろうが、それでも体調は悪くなさそうだ。

「よかったです。でも、無理はしないでくださいね」

一緒に暮らすうちに、カーライズともかなり打ち解けて話せるようになってきた。

それは嬉しく思うけれど、彼が回復してきたということは、別れのときも近付いているということだ。

カーライズの回復を素直に喜べないことに、自己嫌悪を覚えながら、リアナは先ほどの彼の問いに答えた。

「薪が少なくなってきたので、外に取りに行くところでした」

「そうか。ならば私も一緒に行こう」

「え？　でも……」

まだ完全に回復していないカーライズに、そんなことをさせるわけにはいかない。

「ひとりで大丈夫です。すぐ近くですから」

そう思ったリアナは、ひとりで平気だと告げる。

「あんな重いものを、君に持たせるわけにはいかない。それに、私はもう大丈夫。心配はいらないよ」

でもカーライズはそう言って、先に教会を出てしまう。

「あ、待ってください」

リアナは慌てて彼の後を追った。

薪が積んである小屋は、教会の裏口から出るとすぐ近くにある。

地面は、最近降り続いた雨でぬかるんでいた。

薪が濡れていないか、心配になる。

やはり教会の裏の小屋には扉がなかったようで、そのせいで薪は雨ですっかり濡れてしまっていた。

「これでは無理だな」

薪の様子を確認していたカーライズは、そう言って視線を町の中に向ける。

「たしか、他にも薪が置いてある場所があった。そこに取りに行こう」

「はい。マルティナさんに断ってきますね」

リアナは一旦教会に戻り、マルティナに、裏の小屋にある薪が濡れてしまっていたこと、町中まで取りに行くことを告げた。

「ひとりで大丈夫かい？」

「ライ様が一緒に行ってくださるそうです」

「それなら安心だね。気を付けて」

そう送り出されて、カーライズのもとに急ぐ。

ふたりで、町の中心まで歩いた。

あまり大きくない町だが、中心部には店が何軒も連なっている。

けれど店の入り口は破壊されていて、中のものが持ち出された形跡があった。

「これは……」

「住民が町を捨てて逃げるとすぐに、盗賊たちがやってきて、残された荷物を持ち出したらしい」

生き残っていた子どもたちが教えてくれたと、カーライズは言う。

子どもたちは彼らが立ち去るまで、教会の奥にじっと隠れていたそうだ。

「そんなことが……」

そういえば修道院からここに来るときにも、町の人たちに、盗賊が出没するから気を付けろと言われたことを思い出す。

(もし、また盗賊が出たりしたら……)

そんなことになったら、カーライズだけは守らなくてはならない。

そう思って前に出ると、背後で彼が笑う気配がした。

「盗賊が出るのは、住民たちが町を出た直後だけだ。彼らだって、流行病は恐ろしいからね。それに、どうして君が前に出る?」

カーライズは、黒いベールに包まれたリアナの頭を優しく撫でる。

「君は守られる側だ。危ないから、前には出ないように」

「……っ」

一気に頬が熱くなって、リアナは両手で自分の顔を覆い隠した。

好きな人に、優しい声でそんなことを言われてしまったら、どうしたらいいのかわからなくなる。

「でも、ライ様は大切な人で……」

「ラーナだって、大切だよ。全員、この町から必ず連れて帰ると決めている」

大勢のうちのひとりだと、わかっている。

でもカーライズは、リアナのことも大切だと言ってくれた。

（私には、これで充分だわ……）

そう思って空を見上げた瞬間、ぽたりと水滴が頬に落ちる。

「あっ」

「雨か」

急に降り出した雨に、ふたりは慌てて店の軒先に避難した。

少し雨宿りをすれば大丈夫かと思っていたが、雨はどんどん強くなっていく。

「ここにいると濡れてしまう。中に入らせてもらおう」

「はい」

カーライズに促されて、リアナは店の内部に移動する。

壁に備え付けられた棚は空っぽで、何もない。

ここが何の店だったのかもわからないくらいだ。

「こんなに根こそぎ持っていくなんて」

「ひどいものだな」

カーライズも周辺を見渡して、眉を顰める。

「この辺りで、雨が止むまで待たせてもらおう」

「はい」

隣に応接間らしき部屋を見つけ、そこにあったソファに、ふたりで向かい合わせに座った。

カーライズの金色の髪から、雨の雫がしたたり落ちる。

雨のせいか、肌寒くなってきた。

このままでは、カーライズがまた体調を崩してしまうかもしれない。

「すみません、ちょっと奥の方を見てきます」

リアナはそう言って立ち上がると、居住区らしい二階に向かった。

「私も行こう」

「いえ、大丈夫です。すぐに戻りますので」

そう言って、部屋を出る。

盗賊が侵入したのは店舗部分だけのようで、家の中には物がたくさん残っていた。

その中から真新しいタオルや上着などを見つけ、それをいくつか借りていくことにした。

カーライズのもとに戻ると、彼は少しぼんやりとした様子で、窓を打つ雨を見つめていた。

以前のような昏い影はなく、人が変わったようだと思っていたが、こうして見ると、やはりどことなく寂しげに見えてしまう。

たくさんの子どもたちに慕われていても、彼の孤独は癒やせないのだろうか。

もしかしたら、まだ元婚約者のバレンティナのことを愛しているのかもしれない。

カーライズの父親によって婚約が解消させられるまで、ふたりはとても仲が良かったと聞いていた。

その孤独に、寄り添えたら。

そう思ってしまい、リアナは心の中に浮かんだ願望を消し去る。

「ライ様」

リアナがそう声を掛けると、カーライズは顔を上げてリアナの姿を見つけ、表情を綻ばせる。

「雨がますますひどくなってきた。もう少し、ここで様子を見よう」

「はい。タオルを借りてきましたので、どうぞ」

そう言って渡す。

「ありがとう。ラーナも濡れているだろう。寒くはないか？」

「大丈夫です」

先ほどのように向かい合わせに座ろうと思ったが、ふと思い立ち、カーライズの隣に座る。

ここからだと窓から外の様子がよく見えるから、不自然ではないかもしれないと思ったのだ。

カーライズの反応が気になったが、彼は自然とリアナが隣に座ることを受け入れてくれた。

雨音が少し大きくなってきた。

本格的に、雨が降り出したようだ。

「あの、ライ様?」

ふと視線を感じて横を見上げると、カーライズが静かにリアナを見つめていた。

「やはり君の声は、私が探している人によく似ている」

「……っ」

そう言われてどきりとするが、ここで黙ってしまうのも不自然だと思い、自分から聞くことにした。

「ライ様が探しているのは、どんな人なのですか?」

「まだ若い女性だ。周囲から誤解され、ひどい扱いを受けていたのに、大切な姉を守るために、それを静かに受け入れていた。私も、そんな彼女にひどいことをしてしまったひとりだ」

やはり、姉はもうすべてを知っているのだろう。

そしてカーライズもまた、リアナたちの事情を知ってしまったのか。

(カーライズ様が罪悪感を持つ必要なんて、まったくないのに……)

彼には目論見(もくろみ)があったとはいえ、悪女との結婚にあれだけの報酬を用意してくれたのだ。そのお陰で、姉もリアナも助かった。

「そうなんですね。早く見つかるといいですね」

カーライズの心が軽くなるような言葉を探したが、あまり人生経験のないリアナには、何と言ったらいいのかわからなかった。

だから無難にそう答えると、カーライズは少し寂しげな笑顔で、ありがとう、と言った。

それからはあまり会話もなく、聞こえてくるのは雨の音だけ。

けれどリアナは、こうしているだけでしあわせだった。

ただ、ふたりきりで隣に座っている。

それだけで、こんなに心が満たされるのだということを、リアナは初めて知った。

姉には、今まで苦労した分、絶対にしあわせになってほしいと願っていた。

でも姉は、最愛の恋人と婚約して、今頃は結婚していることだろう。

ナージェも、姉を誰よりも愛し、大切にしてくれている。

きっと、今のリアナ以上にしあわせを感じているに違いない。

そう思うと、やっと肩の荷が下りたような気持ちになる。

ずっと張り詰めていた気持ちが、解けていく。

（ラーナ？）

カーライズの声が聞こえたような気がしたが、リアナの意識は微睡（まどろ）みの中に落ちていった。

リアナは夢を見ていた。

とてもしあわせな夢だったような気がするのに、目を覚ました瞬間、すべて忘れてしまったようだ。

ただ夢の余韻だけが、胸に残っている。

「お父様……。お母様……」

ただ、亡くなった両親の夢だったような気がした。

そんなことを考えながら、リアナは目を開けた。

(温かい……)

寄り添ってくれる温もりを感じて、視線を上げる。

するとそこには、リアナの肩にもたれかかって、眠ってしまっているカーライズの姿があった。

「！」

驚いて、思わず声を上げてしまいそうになり、慌てて押し殺した。

状況を判断しようと周囲を見渡すと、ここは雨宿りに入らせてもらった町にある店のひとつだ。

薪を探しに町に出ていたリアナとカーライズは、ここに並んで座り、雨が止むのを待っていたことを思い出す。

どうやらそのまま眠ってしまったらしい。

(ええと……)

すぐ近くに、彼の体温を感じて落ち着かない。

外はすっかり暗くなっている。きっとマルティナも心配していることだろう。

でも、リアナはすぐに動くことができなかった。

カーライズが目を覚ませば、この穏やかで優しい時間が終わってしまう。そう思うと、動けなか

った。

このままでは駄目だとわかっている。

でも、あと少しだけ。

リアナはカーライズの寝顔を見つめながら、自分の初めての恋の終わらせ方を探していた。


穏やかな時間は、唐突に終わりを告げる。

町の入り口の方から、大勢の男たちの怒鳴り声のようなものが聞こえてきたからだ。

「！」

もしかして、盗賊だろうか。

リアナはびくりと身を震わせて、カーライズを守るように、胸に抱きしめる。

（どうしよう……）

教会にいるマルティナと子どもたちは無事だろうか。

どうしたらいいのかわからないまま、ただ大勢の気配は近付いてくる。

恐怖から身を縮こまらせて震えているリアナの耳に、男たちの話し声が聞こえてきた。

「建物に火を付けろ。これ以上、流行病を広めるわけにはいかない」

「町全体にですか？」

「そうだ。これは上からの命令だ」

信じられないような言葉に、リアナは恐怖も忘れて顔を上げた。

たしかにこの町の人たちは、流行病を恐れて逃げ出してしまった。

でも、まだここで暮らしている子どもたちがいる。

もうほとんどの子どもたちが回復しているというのに、ここの領主は、町ごと抹殺しようとしているのか。

「でも、子どもが取り残されているとか……」

「どうせ、そのうち死ぬだろう。それよりも、生き残って別の町に逃げられる方が面倒だ」

火を放て、という号令が聞こえてきて、リアナは思わず外に飛び出した。

「やめて！」

突然現れたリアナに、彼らは驚いた様子だった。

警備兵らしく、簡素な鎧(よろい)と剣を身につけている。

上からの命令と言っていたが、どうやら領主に仕える騎士ではなさそうだ。

「生き残りがいたのか。修道女か？」

その中でもリーダーらしき男が、リアナから距離を取りながらそう言う。

リアナも病気かもしれないと思って、恐れているのだろう。

「子どもたちは回復して、元気になりました。もうこの町の流行病は収束しています。町を燃やす必要なんてありません」

恐怖も忘れ、彼らを見据えてそう言う。

だが返ってきたのは言葉ではなく、リアナめがけて投げられた石だった。

「……っ」

肩に当たり、想像もしていなかった痛みに、思わず座り込む。

数人の男たちが、近寄るなと言いながら、リアナに向かって石を投げつけている。

「回復したと嘘を言って、町に戻って病気を広めた奴もいる。そんな言葉、信じられるか。病に罹った奴は、みんな燃やしてしまえばいいんだ」

たしかに、この流行病では多くの人が亡くなったと聞いている。

誰だって病には罹りたくないし、怖いだろう。

でも、彼らは回復した子どもたちまで殺そうとしている。

そんなことは、許されることではない。

彼らは、リアナが近付くことを恐れている。

ならば、こうすれば彼らは町に近寄れないはずだ。

リアナは両手を大きく広げて、町への道を塞ぐようにして立った。

「ここから先は、行かせない」

石が投げられて、頬を掠める。

怖かった。

でも、子どもたちを守るために、リアナはけっして動かなかった。

「そこまでだ」

苛立った男たちが、一斉に石を投げようとした瞬間。

リアナの前に、カーライズが立ち塞がる。

「ライ様、危ないですから！」

慌てて彼を庇おうとするリアナの頬を優しく撫でて、カーライズは町を燃やそうとしていた男たちに向き直る。

「誰の命令で、こんなことをしている。ここの領主は、マダリアーガ侯爵のセレドニオだ。セレドニオが、そんな命令を下すはずがない」

突然現れたカーライズの姿に、警備兵たちは明らかに動揺していた。

たとえ質素な服装をしていても、彼の佇まいは完全に貴族のもの。

この国では、貴族の存在は絶対である。

しかも領主であるマダリアーガ侯爵とも知り合いだと言っているのだから、ただの警備兵では太刀打ちできないと悟ったのだろう。

「……上司に、確認します」

ただ小さな声でそう言うと、先を争うように逃げていった。

「上司か。セレドニオの命令ではないが、彼の配下が独断で行ったのかもしれない。今後、こんなことが起こらないように、セレドニオに知らせておくか」

そんなカーライズの言葉を聞きながら、リアナは地面に座り込む。

足が震えて、立つことができなかった。

「ラーナ、無茶なことを」

そんなリアナを、カーライズが支えてくれた。

今さらながら怖くなってきて、リアナはカーライズに抱きついた。

「わ、私……。子どもたちとライ様を、守らなくてはと思って……」

カーライズは、そう言って震えるリアナを優しく抱きしめてくれた。

「気が付くのが遅れて、すまなかった。ラーナが出て行ってくれなかったら、町に火を放たれていたかもしれない。よく頑張った」

そのまま抱きかかえて、教会に連れて行ってくれた。

「ラーナ、どうしたんだい?」

ふたりが帰ってこないので、探しに行こうと思っていた。

マルティナはそう言って、カーライズに抱きかかえられているリアナに駆け寄った。

「怪我をしているじゃないか。何があったんだい?」

リアナは、雨が酷くなってきたので、空き家を借りて雨宿りをしていたこと。つい眠ってしまい、気が付いたら暗くなってしまっていたこと。

そして、外に大勢の人の気配を感じたことを、順番に話した。

「町に、警備兵らしき人たちが押し寄せてきて……。流行病をこれ以上広めないために、この町を燃やそうとしていたの」

そして、町を守ろうとして男たちの前に飛び出し、石を投げられたことを説明すると、マルティナは激怒した。

「何てことを……。もしかして、本当に領主様がそんな命令を？」

「いや、セレドニオではないだろう」

憤るマルティナに、カーライズが静かにそう答える。

「急に爵位を継ぐことになり、それに加えて最近の不作と流行病で、なかなか地方まで目が届かないようだ。それに加えて、先代はあまり良い領主ではなかった。だから配下が、こうして独断で動くことが多かったのだろう。結果が伴わなければ、努力しているなどというのは言い訳かもしれないが、町を燃やせと命令するような男ではない」

明らかに領主をよく知っているようなカーライズの発言に、怒りに震えていたマルティナも、戸惑った顔をしてリアナを見た。

リアナは何も言わず、ただ頷く。

それだけで、マルティナもカーライズが、想像していたよりも位の高い貴族だと気が付いたのだろう。

「今まで何も説明せずに、すまなかった。私はキリーナ公爵家の当主、カーライズだ」

「こ、公爵様……」

マルティナが慌てて頭を下げようとするが、カーライズは笑って首を横に振る。

「あなたたちは、私の命の恩人だ。どうかそのようなことはしないでほしい」

そして、この周辺の領主であるマダリアー侯爵は、キリーナ公爵家の分家の人間であること。

先代の失態によって、急に爵位を継ぐことになった当主セレドニオの手助けをカーライズがしていることを、説明してくれた。

「人を探していてね。そのこともあって、マダリアーガ侯爵領の様子もこの目で見てみようと思い、この辺りを視察がてら旅していた」

そこで町に取り残された子どもたちの話を聞き、駆け付けた。

（マダリアーガ侯爵って、もしかしてカーライズ様の以前の婚約者の……）

たしか、バレンティナはマダリアーガ侯爵の令嬢だったと思い出す。

あの後の顛末を、リアナは詳しく知らなかった。

けれど急遽爵位を継いだということは、そうしなければならないだけの事態になっていたのだろう。

貴族学園に通っておらず、勉強よりも仕事を優先してきたリアナは、貴族の事情にはとても疎い。

だからリアナの住んでいた修道院が、あのマダリアーガ侯爵家の領地だとは思わなかった。

「そうだったんですね。ではこの子たちは、ここの領主様に保護していただけるのでしょうか？」

「いや、セレドニオにはまだ、そこまでの余裕はないだろう。だから、私の領地に連れて帰ろうと思っている」

カーライズは途中で人任せにするのではなく、きちんと自分で面倒を見ると約束した。

そして、できればこの子どもたちだけではなく、流行病で親を亡くした子どもたちが安心して暮らせるような施設を作りたいと、語ってくれた。

（よかった……。これでこの子たちは、もう大丈夫だわ）

マルティナもそう思ったらしく、安堵した表情を見せていた。

「だが、今まで領内にそういう施設を作ったことがなくてね。できれば、ふたりにも手伝ってもらえると有り難いのだが」

そう言われて、リアナはマルティナと顔を見合わせた。

「私たちも、カーライズ様の領地に？」

「ああ。もちろん、そちらの事情もあるだろうから、断ってくれても構わない」

「子どもたちのことが、気掛かりだったんです。私にはもう身内は誰もいませんから、喜んで行かせていただきます」

いつも子どもたちのことを気に掛けていたマルティナが、間髪を容れずにそう返答した。

「ありがとう。助かるよ」

マルティナの返答を聞いて、カーライズがほっとしたように言った。

「ライ様は、ご結婚はされているのですか？」

マルティナが遠慮がちにそう尋ねたのは、慈善活動を仕切るのは、大抵は領主の妻だと知っていたからだろう。

「ああ、結婚は……。しているようなものだ」

カーライズは、少し濁すようにそう言ったが、リアナは、彼が結婚しているという事実に衝撃を受けていた。

離縁届を書いたので、リアナとカーライズの婚姻は解消されている。だからその後に、彼は再婚したのだろう。

もちろん、カーライズはキリーナ公爵家の当主で、結婚は義務でもある。

身分と資産、そして容姿にも優れている彼のことだから、相手に困ることはないだろう。

けれど彼への恋心を自覚してしまったリアナにとっては、あまりにも残酷な言葉だった。

「……私は」

リアナは震える声で呟く。

ふたりの視線がリアナに集まった。

「私は、修道院に戻ります」

マルティナもカーライズも予想していない答えだったようだが、リアナは自分の感情を抑えるのに必死で、そこまで気にする余裕はなかった。

「院長先生にはお世話になっていますし、大切な仕事もありますから」

「……そうか。無理強いは、できないな」

カーライズは残念そうだったが、言葉通り、無理に勧誘することはなかった。

もともと、彼が回復してこの町を旅立つまでの恋と決めていた。

だからショックを受ける必要なんてないのに、もしかしたら、もう少し一緒にいられるのではないかと思ってしまった。

「マルティナさん、子どもたちのこと、よろしく頼みますね」

そう言って、無理に笑顔を作る。

きっともうすぐ、彼はこの町を出て行くだろう。

そして今度は、もう二度と会うことはない。

カーライズには新しい妻がいる。今の彼ならば、普通の家族を持つことができるだろう。

だからリアナは、遠くからそのしあわせを祈り続けるだけだ。

第六章　幸福な結末

マダリアーガ侯爵家でも、視察に出てから行方のわからなくなったカーライズを全力で探していたようだ。

おそらくあのときの警備兵が上司に報告し、そこでようやくセレドニオは事情を知ったようだ。

数日後には、大勢の騎士が彼を迎えに来た。

もちろん騎士たちは、あの警備兵のように町を焼き払うつもりはなく、全員が流行病の予防薬を飲んで備えていた。

カーライズは騎士に子どもたちの事情を説明し、キリーナ公爵領に連れて行く手段を相談しているようだ。

一緒に行く予定のマルティナも、その話し合いに加わっている。

でも、ここで別れる予定のリアナは、ただ使用させてもらった教会や店の一部の掃除をするだけだ。

「お姉ちゃんは、一緒に行かないの？」

子どもたちに寂しそうにそう尋ねられて、リアナはこくりと頷く。

「ええ。私はここで仕事があるの。ライ様のこと、よろしくね」

そう言うと、子どもたちは真摯に頷いた。

「ラーナは、本当に行かないのかい？」

話し合いを終えたマルティナに再度尋ねられて、リアナは困ったように笑った。

「ごめんなさい。私は、あの修道院に戻ります」

「……そう。寂しいけど、仕方がないわね」

子どもたちの病はほぼ回復し、長距離移動も問題ないだろう。

騎士が連れてきた医師も、そう診断してくれた。

だからマルティナと子どもたちは、何台かの馬車に分かれて、この町を離れることになった。

「元気でね。みんなのこと、忘れないわ」

リアナは、まだこの領地でやることがあるというカーライズと並んで、子どもたちを見送った。

子どもたちは、これからキリーナ公爵家の領地で、彼のもとで暮らせる。

そう思うと、少し羨ましかった。

「ラーナも、隣町に戻るのだろう？　馬車で送るよ」

カーライズがそう言ってくれたが、リアナは首を横に振る。

「いいえ。それほど遠くないので、大丈夫です。ライ様は、これから領主様のもとに行かれるのですか？」

「ああ。向こうで用事があってね。では、ここでお別れか」

カーライズは、手を差し出した。

リアナは少し躊躇ったのち、遠慮がちにその手を握る。

「君は私の命の恩人だ。何かあったら、いつでも訪ねてきてほしい」

「はい。ありがとうございます」

名残惜しそうな顔をして、カーライズは馬車に乗り込む。

リアナは、その後ろ姿に向かって小さく呟いた。

「カーライズ様に、しあわせが訪れますように……」

その瞬間。

強い風が吹いて、リアナの修道服のベールを吹き飛ばす。

銀色の髪が、ふわりと広がった。

去って行く馬車に深く頭を下げていたリアナは、カーライズがその言葉とリアナの銀髪に、驚愕の表情を浮かべていたことに気が付かなかった。


カーライズを乗せた馬車を見送ったあと、リアナは簡単に荷造りをして、修道院に帰る準備をした。

騎士たちもひとり残らず引き上げ、町にはもう誰もいない。

カーライズも騎士も、リアナを隣町まで送ってくれると言ってくれたのだが、ひとりになりたかったリアナは、その申し出を断っていた。

騎士は、連日の大雨で地崩れを起こしている場所があるので、気を付けるように忠告してくれた。

隣町に行く際に、山の近くの道を通る箇所がある。

その辺りが危険らしい。

かなり遠回りになるが、大きく迂回して行った方が安全のようだ。

教会を出て、ゆっくりと無人の町を歩く。

雨宿りのために入った店の前で、思わず立ち止まる。

ふたりで寄り添って過ごした時間。その温かさを思い出して、リアナはカーライズがあれほど昏い瞳をしていた理由を知る。

一度、人の温もりを知ってしまうと、それを失ったとき、より孤独になってしまう。

またひとりに戻っただけのはずなのに、拭いきれない喪失感は、これからもずっとリアナの心を蝕(むしば)んでいく。

愛していた。

だからその愛を失ってしまったときに、苦しみが生まれる。

カーライズも、元婚約者であるバレンティナを愛していたからこそ、それが失われた際に、以前よりもさらに深い、孤独と喪失感に悩まされていたのだろう。

そうしているうちに、リアナは騎士からの忠告をすっかり忘れてしまっていた。

山の近くの道に、足を踏み入れる。

カーライズの新しい妻は、どんな女性だろうか。

そんなことを考えながら歩いていたリアナは、ぱらぱらと小石が落ちてきたことに気が付いて、ふと顔を上げた。

道の右手には、山の斜面がある。

木が揺れていて、風が強いのかと思った瞬間。

その木がこちらに倒れ込んできた。

「！」

山道を通らないようにという忠告を思い出したが、もう遅かった。

地面が崩れて倒れてきた木と、落石。

リアナは、忠告を無視してしまったことを後悔しながらも、なす術もなく身を震わせる。

(姉様……。カーライズ様！)

もう駄目だろう。

そう思ったリアナだったが、背後から誰かに抱きかかえられ、気が付けば地面に転がっていた。

「……っ」

硬い地面に背中を打ち据えて、思わず声を上げてしまう。

どうやら倒れてきた木から、誰かが庇ってくれたようだ。

しっかりと守るように抱きしめてくれている、その温もりを、リアナは知っていた。

「カーライズ様！」

先ほど別れたはずの、もう二度と会えないと思っていたカーライズが、リアナをしっかりと抱きしめてくれていた。

「どうして……」

「リアナ」

呆然とするリアナの本当の名を、カーライズははっきりと呼んだ。

驚きに目を見開くリアナを、きつく抱きしめる。

「やっと見つけた。ずっと探していたんだ。どうしても、君に言いたいことがあって」

どうして、先ほど別れたはずのカーライズがここにいるのか。

リアナだと気が付いたのか。

そして、どうしてこんなに優しく、リアナの銀色の髪を撫でてくれるのか。

状況が理解できず、混乱するリアナだったが、カーライズの頭から血が流れていることに気が付いて、はっとした。

落石が当たったのかもしれない。

しかも彼の脚は倒れてきた木の下敷きになっている。

「はやく……。誰かを……」

リアナひとりでは動かせないだろう。

それに、頭を打っているのならば、早く手当をしなければならない。

助けを呼ばなくては。

そう思ってカーライズの腕の中から抜け出そうとしているのに、彼の手はしっかりとリアナを抱

きしめて離さない。

「行かないでくれ」

「すぐに戻ります。誰かを呼んできますから」

そう言っても、ますます強く抱きしめられるだけだ。

（どうしよう……）

何とか抜け出そうとしていると、遠くから誰かの声が聞こえてきた。

町に来た騎士で、カーライズを探している様子だ。

それに気が付いたリアナは、ありったけの声を出して叫んだ。

「助けてください！」

その声は捜索していた騎士たちに届いたらしく、やがて複数の人が駆けつけてくれた。

カーライズを救出してくれてほっとするが、あまり意識がはっきりとしていない様子で、それが心配だった。

「あなたも馬車にどうぞ」

騎士たちと同じ馬車に乗るように言われて、カーライズのことが心配だったので、素直に従った。

彼は無事だろうか。

そればかり気掛かりで、他のことは何も考えられなかった。

子どもたちを診察するために教会に来ていた医師が同行してくれたと聞いて、少し安心する。

そのまま馬車は隣町には行かずに、領主の屋敷に向かった様子だ。

屋敷に到着すると、リアナは話を聞かせてほしいと言われて、そのまま騎士団の詰め所のようなところに連れて行かれる。

もしかしたら、罪に問われてしまうのかもしれない。

彼らの忠告を無視して危険な山道を通り、キリーナ公爵であるカーライズに怪我をさせてしまったのだ。

騎士たちと同じ馬車に乗せたのも、逃亡を防ぐためだったのかもしれない。

事情を聞かせてほしいと言われ、名前を聞かれて、リアナとラーナのどちらを名乗ったらいいのかわからずに、少し躊躇う。

それを不審に思ったらしく、騎士の口調が少し厳しくなった。

「私の名前は……」

「その方は、キリーナ公爵夫人のリアナ様ですよ」

リアナの声を遮るようにそう言ったのは、聞き覚えのある声だった。

驚いて顔を上げると、そこにはキリーナ公爵邸で暮らしていたときに世話をしてくれた、執事のフェリーチェがいた。

「あ……」

「リアナ様、お久しぶりでございます」

そう言うと、フェリーチェは丁寧に頭を下げる。

彼のその態度と、キリーナ公爵夫人という言葉に騎士たちは慌てた様子だった。

「そ、そうでしたか。知らぬとはいえ、ご無礼を……」

「ちょっとしたすれ違いがあって、奥様は家を出られました。それを、カーライズ様は探し回っておられたのです」

騎士たちは、それでキリーナ公爵はあんなに必死だったのかと、納得したような雰囲気になった。

よくある夫婦のすれ違い。

夫婦喧嘩（げんか）だと思われたらしい。

けれどリアナは、戸惑いを隠せない。

「私とカーライズ様は離縁していて……」

「離縁届はまだ、出されておりません。ですから今も、リアナ様はキリーナ公爵夫人ですよ」

「……」

リアナはまだ困惑していたが、カーライズの容態を知るのが先だと、我に返る。

「あの、カーライズ様はご無事ですか？」

「ええ、大丈夫です。少し療養が必要ですが」

怪我はそれほどたいしたことはなく、ただやはり病の影響で、まだ体が弱っているとのことだった。

「しばらく休養すれば、元に戻るでしょう。ですから、ご心配なく」

優しくそう言われて、心の底から安堵する。

「それよりも、リアナ様のお姿が見えないので、無理にでも起き上がってしまいそうなのです。カーライズ様のところに来ていただけますか?」

「……はい」

少し迷ったが、彼のことが心配だったし、何よりも聞きたいことがたくさんある。

どうして、離縁届を出さなかったのか。

自分を探していたのは、なぜか。

言いたいこととは、何なのか。

そして、顔を知らないはずなのに、どうして自分がリアナだとわかったのか。

そんな疑念を抱えながら、カーライズのもとに向かう。

「カーライズ様、リアナ様をお連れしました」

フェリーチェがそう言うと、カーライズに付き添っていた医師が振り向き、リアナを見て安堵していた。

どうやら、医師の制止も聞かずにリアナを探しに行こうとしていたようだ。

「リアナ」

ベッドの上に身を起こし、難しい顔をしていたカーライズは、リアナの姿を見ると、嬉しそうに名前を呼んだ。

フェリーチェに促され、リアナはベッドの傍に置いてあった椅子に座る。

「怪我はなかったか?」

「はい。カーライズ様が庇ってくださいましたから。カーライズ様は、大丈夫でしょうか?」

「ああ、たいしたことはない。リアナを守れてよかった」

　優しい声でそう言われてしまい、嬉しさよりも困惑が勝る。

「あの、どうして私を探していらっしゃったのでしょうか」

　聞きたいことはたくさんあったが、最初にそう聞いてみる。

「離縁届に、何か不備が？」

「……いや。離縁届を出さなかったのは、私の意思だ」

　カーライズにも話したいことはたくさんあるようで、言葉を探すように、視線を巡らせる。

「最初に、詫びなければならない。君のことを悪女と思い込んで、あんな条件を突きつけてすまなかった」

「え……」

　悪女と思い込んで、という言葉に困惑する。

「私は間違いなく、『悪女ラーナ』で……」

「君の姉が、すべて話してくれた。いや、そもそも『悪女ラーナ』なんて存在していなかった。君の姉はトィート伯爵の心に寄り添ってくれただけ。そしてリアナは、そんな姉を守ろうとしただけだ」

「……」

　姉が、本当のことを話してしまった。

　それを聞いて、リアナは青褪める。

「姉様は……。姉様の結婚は……」

「心配はいらない」

そんなリアナを慰めるように、カーライズは優しい声で教えてくれた。

「君の姉とナージェとの婚約は解消されていないよ。ただ、ふたりとも君が見つかるまでは結婚しないと言っていて、まだ婚約者だ」

もう一年前に結婚していたと思っていた姉が、まだしていなかった。それも、リアナが失踪したせいで。

「私のせいで」

「いや、それは違う。君の姉は、自分だけしあわせになるわけにはいかないと言って、自分で結婚を延期しただけだ。もちろん、ナージェも同意の上だ」

困惑するリアナの手をそっと握って、カーライズは、最初からすべて説明すると言ってくれた。

「私はもともと、貴族学園を卒業したら廃嫡され、家を追い出される予定だった」

父親には愛人がいて、さらに子どももいた。

父親はその異母弟にキリーナ公爵家を継がせようと考えていたのだ。

母親にも愛人がいて、すでに離縁して家を出ており子どもがいたため、カーライズと縁を切ると言ってきた。

行き場をなくしたカーライズは町を彷徨うようになり、そこでトィート伯爵に出会ったと、語ってくれた。

「トィート伯爵様が……」

「そうだ。婚約者だったマダリアーガ侯爵家のバレンティナは、私の廃嫡の話を聞くと、即座に異母弟の婚約者になって、あっさりと私を捨てていった」

両親から愛を与えられたことのなかったカーライズは、婚約者から与えられた愛に夢中になっていた。

だからこそ、裏切られたときの悲しみは、憎しみに変わってしまうほどだった。

「だが、卒業前に父が急死した。異母弟は私を疑っていたが、トィート伯爵のお陰で無罪を証明できた」

その後、カーライズは自分を糾弾した異母弟を名誉毀損で訴え、彼は追放刑になった。

すると、婚約を解消したはずのマダリアーガ侯爵家のバレンティナが、再婚約を提案してきたという。

「当時の私には、マダリアーガ侯爵の意見を退ける力はなかった。そんなときにナージェから、『悪女ラーナ』の話を聞いた。それでトィート伯爵への恩返しという名目で、君に結婚を申し込んだ」

そんな事情だったのかと、リアナは、あのときのカーライズの瞳を思い出して納得する。

「トィート伯爵は、私にとっても恩人だった。だから、そんな彼を騙していたという『悪女ラーナ』を嫌悪して、あんな条件の契約結婚を突きつけてしまった……」

たしかに世間では、トィート伯爵は若い愛人に騙されて振り回されているという噂が広まっていた。

恩人を貶める悪女を、彼が憎んだとしても仕方がないことだ。

リアナは姉を守るために、その悪女を演じていた。

結果として、カーライズを騙していたことになる。

だから、彼が罪悪感を持つ必要は、まったくないのに。

「本当に悪女なのかと疑問に思ったのは、庭で君が祈っている声を聞いたときだ」

「祈り……」

「そうだ。きっとご両親の命日だったのだろう。君はただ、静かに姉のしあわせだけを祈っていた。そして、こんな結婚を強要した私のしあわせも、祈ってくれていた」

「あ……」

あの日の祈りを、カーライズは聞いていたのか。

そう思うと恥ずかしくなって、視線を逸らす。

「あの声が忘れられなかった。だから君と、話をしてみようと思った。けれどあの冬は、領地でも雪の被害が多かった。その対応に追われているうちに、君と話す機会を逃してしまった」

リアナは、本当に悪女だったのだろうか。

疑問に思ったカーライズだったが、忙しい日々を過ごしているうちに、リアナはいなくなってしまった。

そこでカーライズはフェリーチェに、リアナの報酬金の支払い先を尋ね、女性医師のことを知った。

そしてリアナの行動が、姉のためではないかと考えたようだ。

リアナが実家のカロータ伯爵家に戻っていると思っていたカーライズは、姉を訪ね、そこで『悪女ラーナ』がリアナではないことを知ってしまう。

「姉様は、話してしまったのですね」

「ナージェが君に、帰ってくるなと言ってしまったことや、契約結婚のことを、知ってしまい、黙っていることに耐えられなくなったようだ。そのあとに女性医師から、病気のことと、その薬代のことも聞いてしまった」

姉は病気のことまで知ってしまったのかと、リアナは肩を落とす。

「黙っていたことは、良くなかったと思います。でも知ったら姉様は、絶対に治療を受けてくれなかった。私は、どうしても姉様に生きていてほしかった……」

「そうだね。きっと彼女なら、そうしたかもしれない」

カーライズはそう言って、慰めるようにリアナの頬に触れる。

「君たちは、互いに相手を守ろうとして必死に頑張っていただけだ。ナージェも君にひどいことを言ったが、それも君の姉を愛していたからだ」

「わかっています。彼を恨むつもりはありません」

たしかにナージェの悪意には傷付いたが、リアナが彼を騙していたことも理由のひとつである。

「君の姉は、君を探そうとしていた。そして私も、どうしても謝罪がしたくて、ずっと探していた」

「謝罪なんて……」

「勝手に君を悪女だと思い込み、あのような境遇を強いてすまなかった。悪女として扱われて、つらいことも多かっただろう。本当に、すまなかった。私は結局、恩人のトィート伯爵のことも信じていなかったのだろう。信じていれば、彼が若い女性に簡単に騙されるなんて思い込むはずがない」

カーライズはそう言って、リアナに頭を下げる。

「そんな、カーライズ様」

リアナは思わず立ち上がり、カーライズを見下ろすことになってしまったことに気が付いて、慌てて座る。

「姉様が助かったのは、カーライズ様のお陰です。あれだけの金額です。どうにかしようと頑張ってみましたが、私にはどうにもできませんでした。誰かの愛人にすら、なれなかったのです。だからカーライズ様が契約結婚を持ちかけてくださらなかったら、姉様も私も、生きていけませんでした」

愛人、と聞いてカーライズの顔が少し曇る。

「私を、許してくれるのか？」

「もちろんです。むしろ許すなんて、烏滸がましいくらいですから……」

リアナがそう言うと、カーライズはほっとしたような顔をした。

「エスリィーもナージェも、君の帰りを心待ちにしているよ」

「姉様は、元気ですか？」

「ああ。病気も完治して、医師にも、もう大丈夫だと言われているらしい」

「よかった……」

姉の病気のことが、ずっと気に掛かっていた。

「他に何か、聞きたいことはあるか？」

そう言われて、リアナは頷く。

「どうして私がリアナだと、気が付かれたのでしょうか？」

カーライズとは、一度も顔を合わせていない。

だから近くで顔を合わせても、気付かれることはないと思っていた。

「あの声を、私のために祈ってくれた声を忘れるはずがない」

カーライズは、その場面を思い出しているかのように、目を細めてそう言った。

その声を初めて聞いたときから、カーライズは修道女のラーナのことをリアナではないかと思っていたようだ。

たしかにカーライズには、探している人に声が似ていると言われた。

でもあの祈りを聞かれていたとは思わなかったので、まさか彼がリアナの声を知っているとは思わなかった。

「そのあとに君の姉とも会ったから、顔立ちも何となく似ていると思った。それに、あの別れ際にベールが外れて見えた髪色で、確信した」

「髪が……」

風でベールが外れたことは覚えているが、まさかそれをカーライズが見ていたとは思わなかった。

たしかに、リアナと姉はどことなく似ている。

銀色の髪も、この国ではあまり見ない色だろう。

だからこそリアナは、『悪女ラーナ』を姉から引き受けることができたのだ。

「だが、君は私を知らないだろうし、探し人に似ていると言っても、ただ戸惑っているだけの様子だった」

そのときはまだ、カーライズも髪色を見ていなかったので、リアナだという確証がなかった。

キリーナ公爵領に連れて行こうとしたが、それも拒否されたので、とりあえず姉に報告して、本当にリアナなのか確かめてもらうつもりだったようだ。

一緒に行こうと誘ってくれたのは、そのためだったのか。

少しだけ、カーライズもリアナと離れたくないのではないかと期待してしまった。

そんな自分に苦笑して、リアナはカーライズを見る。

「色々と、ありがとうございました。姉のしあわせのために離れたつもりでしたが、一度帰りたいと思います」

ナージェの誤解も解けたのなら、姉の結婚式には参列できるかもしれない。

「カーライズ様のお陰で、また姉と会うことができそうです。あとは、ご迷惑になるので離縁届を提出していただければ……」

リアナを探すために、夫婦のままでいてくれたのかもしれない。

彼が結婚に対して濁していたのは、そのせいで新しい妻を正式に迎え入れることができなかったからかもしれないと、考えた。

「迷惑だなんて、そんなことはない」

けれどカーライズは、リアナが驚くほど真剣な声でそう言った。

「ですが、新しい奥様がいらっしゃるのでは……」

「そんな人はいない。いるはずもない」

「でも、あのとき……」

マルティナに結婚しているかどうか聞かれたとき、カーライズは、しているようなものだと答えていた。

「離縁届は提出していない。だから私たちは、まだ夫婦だ。けれど、リアナはそれを知らないし、離縁していると思っているだろうから、はっきりと答えることはできなかった」

「どうして、出さなかったのでしょうか」

一年後に離縁する。そういう契約結婚だったはずだ。

「それは……」

カーライズは、言葉を選ぶように、視線を彷徨わせた。

それから覚悟を決めたように、リアナの手を握る。

「私のために祈ってくれた、君の声が忘れられなかったからだ。一年後に離縁する。そういう契約だったにもかかわらず、契約違反をしたのは私の方だ。でもどうか、もう一度機会を与えてくれないだろうか」

懇願するように言われて、リアナは動揺した。

(まさか、カーライズ様が……)

「君が、あの夜静かに祈りを捧げている声を聞いたとき、その純粋な祈りに心を打たれた。人は、あれほどまで他人のために祈れるということを、初めて知った。しかも、あんなにひどい契約結婚を強いた私のためにも、祈ってくれるとは思わなかった。きっとあの夜から、私は君に惹かれていたのだろう」

リアナと再会してから、その気持ちは自分でもはっきりと自覚できるようになっていたと、カーライズは語った。

「最初はただ、ひどい扱いをしてしまったことを謝罪したいと思っていた。だが君と再会して、私のために祈りを捧げてくれたときと同じ声を聞く度に、流行病を恐れずに、ひとりでも多くの子どもを救おうと懸命になっている姿を見て、愛しいと思うようになっていた」

「嘘……」

信じられなくて、思わず否定の言葉を口にしてしまう。

カーライズがリアナに、しかも悪女と呼ばれていたときの自分に惹かれていたなんて、そんなことがあるはずがない。

「顔も知らない相手を声だけで愛するなんて、私もあり得ないと思っていた。けれど、あの祈りの声を思い出すだけで、これからも生きていけると思うほど、私の心の支えになっていた」

あの美しい祈りにふさわしい人間になりたいと思ったカーライズは、それから変わろうとした。

父親の死によって継いだ爵位に何の意味も見いだせず、簡単に手放そうとしていたが、今は真摯に向き直り、領民たちのために働いている。

急にマダリアーガ侯爵家を継ぐことになったセレドニオを援助し、他にも自分の手の届く範囲なら、誰にでも手を差し伸べた。

「私が変われたのは、リアナのお陰だ。君にふさわしい男になりたいと、心からそう思った」

まだ信じられずにいたリアナだったが、無意識にカーライズの手を握り返していた。

それに気付いたカーライズが、嬉しそうに微笑む。

たしかにこの数年、この国はあまり良い状態ではなかった。

去年は雪害。

今年は流行病が蔓延して、苦しむ人々が大勢いた。

カーライズは親戚や友人たちを支援しながら、リアナの姿を探して地方の視察を繰り返していた。

そこで、町に取り残された子どもたちの話を聞き、この町に単身で乗り込んだのだ。

以前のカーライズなら、そんなことはしなかっただろう。

けれどそこで、彼もまた流行病に倒れてしまう。

「子どもたちの命を救えるのなら、あのまま死んでも構わないと思った。でもそんなときに、また君が私を救ってくれた。すぐには信じられなかったが、あの祈りにふさわしい人間になりたいと努力したからこそ、やり直しの機会を与えてもらったのかもしれない」

カーライズの説明で、リアナにも少しずつ、彼の気持ちを信じることができるようになってきた。

あの町で出会った彼は、いつも優しかった。

リアナの姿を見ると、微笑みかけてくれた。

今思えば、ナージェが姉に見せる姿と、とてもよく似ていた。

「キリーナ公爵家の領地への同行を断られたとき、君を諦めるしかないと悟ったよ。今までしてきたことを考えると、それも仕方がないことだ。でも別れ際に、また私のために祈ってくれただろう?」

そう言われて、こくりと頷く。

「その祈りを聞いて、やはり諦めることはできないと思った。せめて、この気持ちを伝えなくてはと」

そして、追いかけてきてくれたカーライズは、リアナの命を救ってくれたのだ。

「君を助けられるのなら、死んでも構わない。そう思っていたのに、また生き延びてしまった。私はどうやら悪運が強いらしい」

貴族学園を卒業する寸前に父親が病死したことも、その悪運だったと思っている様子だ。

「生き延びてしまうと、また欲が出てきてしまう。どうしても、君にこの想いを伝えたくなった。君の純粋な美しい祈りに、俺がどれだけ救われたことか。リアナを愛している。どうか私に、もう一度機会を与えてくれないだろうか」

まっすぐに想いを伝えられて、リアナの瞳が潤む。

「私のことを誰かが愛してくれるなんて。そんなことがあるなんて、思ってもみなかった……」

姉の身代わりになると決めたときから、普通のしあわせなど諦めていた。

まして、『悪女ラーナ』を愛してくれる人がいるなんて、想像もできなかったことだ。

しかもそれが、初めて恋をした相手である。

「私も、自分よりも子どもたちを優先して、必死に守ろうとしている『ライ様』に恋をしてしまいました。でも、あなたに私が『悪女ラーナ』であることを知られたくなくて。だから、あの町で暮らしている間だけの恋だと決めていました」

ラーナという名前を名乗っていたのは、自分が貶めてしまったトィート伯爵の愛娘の名前に対する償いだったことも説明する。

この名前で、たくさんの人を救うことができたらと思ったことも。

「領地に行こうと言ってくださったとき、本当に嬉しかった。でも、結婚されていると聞いて……。新しい奥様と一緒にいるところを見るのは、耐えられないと思って、修道院に帰ることを選びました」

リアナはまっすぐにカーライズを見つめた。

彼が気持ちを伝えてくれたのだから、リアナも正直な気持ちを伝えたい。

「私も町で再会してから、子どもたちを必死に守ろうとしているカーライズ様に惹かれていました。これからも、あなたと一緒に生きていきたい……」

「ありがとう、リアナ」

リアナの話を聞き終わると、カーライズはそう言って、そっとリアナの肩を抱き寄せる。

「君にふさわしい男になりたいと思って、努力を続けていたのは間違いではなかったのだな。その

お陰で、君の心を手に入れることができた」

夫婦になってから恋をして、そして互いに愛し合うようになった。

不思議な関係になってしまったが、苦しい生活の末にリアナを待っていたのは、最高のハッピーエンドだった。


カーライズはまだ、休養する必要があった。

それなのに、リアナと姉のエスリィーを一刻も早く再会させたくて、カーライズは王都への出発を早めてしまった。

リアナは心配したが、案の定体調を崩してしまい、途中で何泊かすることになってしまった。

幸いなことにカーライズはすぐに回復したが、リアナには心配なことがあった。

子どもたちを助けたときも、リアナを庇ってくれたときも、カーライズは死んでも構わなかったと簡単に口にした。

実際、そう思っていたのかもしれない。

もっと自分のことも大切にしてほしい。

リアナはそれをカーライズに訴えた。

「お願い。あなたがいなくなってしまったら、私はもう立ち直れないの。だから……」

もしカーライズが、リアナを置いて死んでしまったら。

そう想像するだけで、胸が痛くなる。

た。

「わかった。約束する。もう無謀なことはしない」

カーライズのその言葉を聞いて、周囲の護衛や執事のフェリーチェも安心したような顔をしてい

どうやらカーライズの、自分の身をあまり顧みないところを心配している者は多かったようだ。

「それでも奥様が危険な状態になったら、カーライズ様も自重することはできないでしょう。どうか奥様も、お気を付けて」

フェリーチェにそう囁かれ、リアナも真摯に頷く。

彼はキリーナ公爵邸で暮らしていた頃の食事のことや、悪女としてパーティに参加させてしまったことを謝罪してくれた。

リアナをどのパーティに参加させるのかを決めていたのは、執事のフェリーチェだったらしい。

でも彼も、カーライズの指示に従っていただけだ。

もう気にしないでと言うと、フェリーチェは深々と頭を下げて、これからは奥様に誠心誠意お仕えいたします、と言ってくれた。


そんなこともあったが、予定よりも少し遅れただけで、リアナはカーライズとともに王都のキリーナ公爵邸に戻ってきた。

あの庭園には以前と同じように美しい花が咲き乱れて、リアナを迎えてくれた。

（またこの花を見ることができるなんて……）

視線を庭園に向けていたリアナに、姉の声が聞こえてきた。

「リアナ！」

「姉様？」

どうやらカーライズが先に連絡をしておいてくれたらしく、姉とその婚約者のナージェが、リアナの帰りを待っていてくれた。

駆け寄ってきた姉は、リアナを力一杯抱きしめる。

「リアナ……。ごめんなさい。あなたに全部、背負わせてしまって」

「そんなことはないわ。姉様は五年も耐えてくれた。私は姉様のお陰で、今まで生きてこられたのよ」

姉が、リアナに駆け寄り、こんなに強く抱きしめられるくらいに回復したことが嬉しくて、同じように抱きしめる。

「姉様、まだ結婚していないって本当なの？」

「ええ。当たり前でしょう？　リアナがいないのに、私だけしあわせになるなんて、そんなことはできない。リアナが見つかるまで、何年でも待つつもりだった」

「そんな……」

自分さえいなければ、姉はしあわせになれると思い込んでいた。

けれど実際には、あれほど待ち望んでいた結婚式を延期させてしまっていたのだ。

ナージェは本当にそれを承知してくれたのだろうか。

心配になって彼を見ると、勢いよく頭を下げられた。

「すまなかった」

「え？　あの……」

「俺が変な勘違いをしなければ、こんなことにはならなかった。本当にすまないと思っている。父にもきちんと事情を話して、エスリィーとの結婚は、リアナが見つかるまで待っても良いと言われている」

では、姉の結婚は本当になくならないのか。

それを知って、リアナはほっとする。

「何も言わなかった私も姉も悪かったと思います。ですから、もう謝らないでください。どうぞ姉をよろしくお願いします」

そう言うと、ナージェは唇を噛みしめて、真摯に頷いた。

「それで、リアナはこれからどうするの？　また一緒に、カロータ伯爵家で暮らせたらと思うけれど……」

「姉様。私も姉様と一緒に暮らせたらと思うわ。でも、カーライズ様の傍にいたい。彼を愛しているの」

そう告げると、姉は驚いたようにリアナを見て、本当に？　と呟く。

「ええ。今までのこと、姉様にも話すわ」

「では皆様、応接間にどうぞ」

執事のフェリーチェがそう言ってくれて、リアナは姉とナージェと一緒にキリーナ公爵邸に入る。

姉は屋敷の広さに驚いていたが、リアナも一年間暮らしていたとはいえ、ほとんど客間で過ごしていた。

だから姉と同じように、改めて広さと豪華さに驚いていた。

「カーライズ様も同席したがっておりましたが、長旅で少しお疲れが出たようですので、休んでいただきました」

フェリーチェの報告に、リアナは頷く。

「わかりました。あとで、会いに行きますとお伝えください」

「カーライズ様は、お体の具合が悪いの？」

心配そうな姉に、リアナは契約結婚を終えてから今までのことを、すべて説明した。

「そんなことがあったの……」

リアナの話を聞き終わった姉は、感慨深そうに頷いた。

「一年ほど前から、カーライズ様が随分変わったと噂になっていたの。今までは少し、近寄りがたいような雰囲気の方だったから。それもすべて、リアナの影響だったのね」

そう言われるとさすがに烏滸がましいような気持ちになるが、カーライズがそう言ってくれたのは事実だ。

「では、離縁はしないのね」

「私でいいのか、まだ不安ではあるの。でも、カーライズ様が望んでくださるから、私はここで暮らしていきたいと思っている」

　正直に告げると、姉は微笑んだ。

「よかった。たしかに少し寂しいけれど、あなたがしあわせなら、それが一番だわ。これで私も安心して……。そうだわ」

　何か思いついたのか、姉の顔が輝いた。

「リアナも一緒に、結婚式を挙げましょう？　あなたの花嫁姿、私も見たいわ」

「え、でも……」

　たしかに、リアナも結婚式に憧れる気持ちはある。

　でも、リアナがキリーナ公爵家に嫁いだのは、もう二年も前のことになる。今さら結婚式など、しても良いのだろうか。

（それに……。世間にとっては、私は相変わらず『悪女ラーナ』だわ）

　そんな自分との結婚式など、キリーナ公爵家の印象が悪くなるだけではないか。

　そう考えてしまうリアナに、ふたりの話を黙って聞いていたナージェが言った。

「カーライズ様に話してみるといい。きっと喜んで承知してくださるだろう」

　姉を見ると、姉も満面の笑みで頷いている。

「わかったわ。あとでカーライズ様に話してみる」

　その笑顔に励まされて、リアナはそう答えた。

姉とナージェがカロータ伯爵家に戻ると、メイドがリアナを部屋に案内してくれた。

以前と同じ客間かと思っていたが、屋敷の奥にある、客間よりもさらに広い部屋に案内された。

「こちらが奥様の部屋でございます」

「……ありがとう」

呆然としながら礼を言うと、メイドは笑顔で頭を下げて退出した。

（ここって、公爵夫人の部屋、よね）

広さ、調度品の豪華さから見て、間違いないだろう。

リアナはひとりで部屋の中を見て回る。

応接間の窓は大きく、太陽の光が降り注ぐ。

その窓からは、リアナが気に入っている庭園を存分に眺めることができた。さらに、この部屋から庭に出ることもできるらしい。

華やかで美しい応接間とは逆に、寝室はとても落ち着いた安らげる空間になっていた。

クローゼットには、この屋敷で一年間暮らしていたときに仕立ててもらった、上品で美しいドレスが並んでいた。

逆に、謹慎中に悪女ラーナとして買い漁(あさ)った派手なドレスや装飾品は、ひとつも見当たらない。

そんな配慮に感謝していると、部屋の扉が叩かれた。

「はい」

「リアナ様。カーライズ様がお呼びです」

「わかりました。すぐに伺います」

姉の提案についても、話さなくてはならない。少し緊張しながら、メイドに案内されてカーライズの部屋に向かう。

思えば、彼の部屋に行くのも初めてだ。

寝室ではなく、応接間にいたカーライズは、リアナを見て嬉しそうな笑みを浮かべる。

「リアナ、姉とは話せたか？」

「はい。ゆっくりとお話をさせていただきました」

促されて、彼の隣に座る。

「ようやくリアナをこの屋敷に連れて帰れたと思ったが、あの町で暮らしていたときの方が、距離が近かったな」

そう言われて、リアナも頷く。

「教会でしたし、子どもたちもたくさんいましたから」

同じ部屋で暮らしていたようなものだ。同時に、この距離を寂しいと思っていたのは自分だけではなかったと知り、嬉しくなる。

「子どもたちは今、マルティナと一緒に公爵領の別荘で暮らしてもらっている。いずれ、町に大きな施設を建設する予定だ。後日、会いに行こう」

「はい。子どもたちに会いたいです」

マルティナは、修道院に帰ったはずのリアナが、王都のキリーナ公爵邸で暮らしていると聞いて驚くだろう。

彼女にも、簡単に事情を話さなくてはならない。

「リアナが暮らしていた修道院にも、連絡をしておいた。そこの院長からの伝言で、花壇のことは心配いらない、だそうだ」

「院長先生……。ありがとうございます」

「マダリアーガ侯爵のセレドニオも、これから福祉に力を入れると言っていた。きっとあの修道院も支援してくれるだろう」

そこまで一気に話したカーライズは、言葉を切って窺うようにリアナを見た。

「リアナの方は、どうだった？　君の姉は、私との婚姻を認めてくれただろうか」

契約結婚のことを、まだ気にしている様子だったので、リアナは笑顔で頷く。

「もちろんです。むしろ、一緒に結婚式を挙げようと言われてしまいました」

「……結婚式」

「でも、私たちの結婚は二年前ですから、今さらですよね」

「いや、そんなことはない。結婚式か。たしかに必要かもしれない」

リアナの予想に反して、カーライズは乗り気の様子だった。

「私たちが結婚したとき、リアナはまだ十六歳だった。貴族同士の結婚としては、珍しい年齢ではないが、若くして結婚した場合、数年後に結婚式を挙げることもある」

たしかに、今のリアナは十八歳になった。

「結婚式を挙げても大丈夫でしょうか？　私は……」

「気にすることはない。リアナの年齢を公表すれば、『悪女ラーナ』ではないことは、誰にでもわかることだ」

リアナではないとわかれば、姉ではないか疑う人も出てくるかもしれない。

それを心配したが、カーライズはそれも大丈夫だと言ってくれた。

「君の姉は最近、カロータ伯爵の後継者として、ナージェとともに多くのパーティに参加している。その姿を知っている者も多いだろうから、今さらそんな彼女を『悪女ラーナ』だと思うことはない」

カロータ伯爵家の妹が、噂を聞いて姉を『悪女ラーナ』だと思い込んでしまった。

そして姉を庇って悪女を演じていたことにすれば、噂などすぐに消えていくだろうと語った。

「どちらにしろ、『悪女ラーナ』が現れることは二度とない」

「……はい」

それでいいのだろうかと、少し迷う。

すべてを明らかにして、トィート伯爵の名誉を回復するべきなのではないかとも考えた。

でもその場合、エスリィーが『悪女ラーナ』であったと公表しなくてはならない。

「トィート伯爵は、自分の名誉など気にしないよ。君の姉のしあわせを、心から願ってくれているはずだ」

たしかに、リアナ以上にトィート伯爵をよく知るカーライズがそう言うのなら、そうなのかもしれない。

こうしてリアナと姉との、合同結婚式が決定した。

ほとんど準備が整っている姉とは違い、リアナはこれからすべてを揃えなくてはならない。

遅れたら、それだけ姉の結婚式も遅れるから、リアナは必死だった。

「焦らなくてもいいわ」

そんなリアナに、姉は穏やかに言った。

「お父様とお母様にも見てもらいたいから、秋にしましょう。それなら、準備期間もたっぷり取れるでしょう?」

秋には、父と母の命日がある。

ふたり揃って花嫁姿を見せられたらと、リアナも思う。

「でも、姉様の結婚が遅くなってしまうわ」

「私たちも、リアナと同じように、先に婚姻届だけ、提出してしまうことにしたの。だから心配いらないわ」

姉とナージェが結婚すれば、爵位の継承と領地返還のために忙しくなってしまう。だから、結婚式は別で、落ち着いた頃にしたいと思っていたらしい。

だから、合同の結婚式は秋に行うことになった。

時間に余裕ができたので、リアナもゆったりと準備することができる。

その間にマルティナと子どもたちに会いに行ったり、修道院の院長に手紙を書いたりした。

庭園の花壇は美しくて、見る度にリアナの心を楽しませてくれる。

カーライズの体も回復して、今では領地内を飛び回っている。

リアナも公爵夫人として、色々と勉強しなければならないことが多かった。

けれど勉強は、まったく苦にならない。

覚えたことが増えれば、それだけカーライズを手助けできることも増える。

ときには姉と一緒に、領主夫人として領内の福祉や慈善事業の実行。さらに社交について学ぶこともあった。

春の花が散り、夏の花が咲く。

季節が巡るごとに、リアナの準備も整っていく。

そうして、秋の花が咲く頃。

リアナは、カーライズと結婚式を挙げた。

会場にはたくさんの人たちが集まって、二組の結婚式を祝福してくれた。

キリーナ公爵家当主の結婚。そして、ホード子爵家の三男の結婚ということで、招待客もかなり多い。

加えて社交界によく出るようになった姉にも、たくさんの友人ができたようだ。

姉のように多くはないが、今ではリアナにも友人がいる。

彼女たちも出席して、リアナの二年遅れの結婚式を祝ってくれた。

姉のドレスはもちろん、リアナが心を込めて刺繍した一点物だ。ドレス自体は質素なものだが、手間を掛けたことによって、かなり美しいドレスに仕上がっている。

もう見ることはできないだろうと考えていた姉の姿に、リアナは涙ぐみそうになった。

リアナのドレスは、年齢がまだ若いこともあってか、とても可愛らしいデザインのものだった。

選んだのはリアナではなく、カーライズである。

ドレスのデザインがたくさんありすぎて選べないと嘆いていたリアナに、カーライズが提案してくれたものだ。

こんなに可愛らしいデザインなど自分に合わないのではないかと心配したが、姉や周囲からの評判はかなり良かった。

会場には秋の花が美しく飾られていて、リアナは式の直前に姉とふたりで、空に向かって両親に結婚の報告をした。

正装したカーライズは、思わず見惚れるほどの美しさで、もうすでに彼の妻として一緒に暮らしているのに、どきりとしてしまう。

しあわせを諦めた日もあった。

姉と別れて、これからはひとりで生きていくのだと。

けれどリアナは愛する人を見つけて、しあわせになった。

カーライズはいつもリアナを気遣い、何でも聞いてくれるし、話してくれる。

そして姉もしあわせになってくれたのが、本当に嬉しかった。

――おめでとう。

――しあわせに。

両親の声が聞こえたような気がして顔を上げると、姉も同じように驚いた様子で周囲を見回していた。

「姉様にも、聞こえた?」

「リアナにも?」

こくりと頷く。

ふたりに聞こえたのなら、きっと見守ってくれているのだろう。

「行こうか」

「はい」

リアナはカーライズの手を。

そして姉は、ナージェの手を取って、歩き出す。

両親に先立たれ、姉妹で懸命に支え合って生きてきた。

これからは、それぞれ別の道を歩んでいく。

でも傍には愛する人がいて、そして両親も見守ってくれている。

きっと、しあわせになれるだろう。

番外編　永遠を願う

「王城のパーティに？」

仕事から帰ってきた夫のカーライズを出迎えたリアナは、手渡された招待状を見て、驚きの声を上げる。

姉との合同結婚式から、一年が経過していた。

大切な姉と同じ日に、愛する人と結婚式を挙げることができた。それは、リアナにとって最高の出来事である。

自分が刺繍をしたドレスを着て、愛するナージェの傍で微笑む姉の姿は本当にしあわせそうで、それを見ることができただけでも、今までの苦労など忘れてしまうくらいだった。

もちろん姉だけではなく、リアナにとっても最高の一日だった。

最初は『悪女ラーナ』として見られるのではないかと怯えていた。

でも結婚式をすることが決まってからの半年間で、カーライズと義兄のナージェがその噂を、徹底的に否定したので、そんな目でリアナを見る人はいなかった。

リアナが十八歳であること。『悪女ラーナ』が現れ始めた頃には、まだ十一歳だったことを、それぞれ広めてくれたお陰だ。

だから本当に、カーライズの言うように、ただ姉想いの妹が、姉がラーナではないかと勘違いをして守ろうとしただけ、ということになったようだ。

（でも何だか私が、勘違いで暴走する人になったような……）

それでも『悪女』よりはましだし、カーライズが言うには、まだ若いのでそれくらいは許されるらしい。

貴族社会は、それなりに厳しい世界である。

でも貴族学園に在学している間は、勉強中だということで、ある程度のことは許されるようだ。

リアナも、カーライズと結婚した当時は十六歳である。まだ成人していなかったということで、大事にはならなかった。

十六歳なら、本来学園に在学している年齢なのだ。

カーライズは、姉と一緒に貴族学園に通いたかったら、そうしても良いと言ってくれた。

健康上、または経済上の理由で、少数ではあるが、本来の年齢から遅れて入学する者もいるらしい。

それについては、姉とよく話し合った。

たしかに、貴族学園に対する憧れはあった。姉は少しだけ通ったが、リアナは学園に、一度も足を踏み入れたことがない。

でもリアナも姉も人妻で、もうキリーナ公爵夫人と、カロータ伯爵夫人だ。

今さら年下の生徒たちに交じって勉強するよりは、ふたりで勉強をした方がいいのではないか。そう結論を出した。

「それでいいのか？」

カーライズは心配してくれたが、もうリアナの気持ちは決まっていた。

「ええ、大丈夫。義兄様も学園に通わせるのは心配らしいから、姉様とふたりで勉強することにしたの」

姉の夫のナージェは、姉が望むなら反対しないと言いつつも、心配そうだった。

学園の在学中はある程度のことが許されるせいで、一部ではあるが、羽目を外して遊ぶような者もいるらしい。

それを聞いたリアナと姉は、余計なトラブルに巻き込まれることを避けるためにも、学園には通わない選択をしていた。

「そうか。ならば教師を手配しよう」

カーライズはキリーナ公爵邸に教師を呼んでくれたので、姉とふたりで勉強している。

キリーナ公爵家の当主であるカーライズはとても忙しいようで、彼と一緒にいるよりも、姉とふたりの時間の方が長いくらいだ。

その姉も、最近は忙しそうだ。

ナージェはもうカロータ伯爵家を継ぎ、姉も伯爵夫人として社交界に出ている。

リアナも誘われたパーティなどは、カーライズが一緒に行けるものだけ参加していたが、そろそろキリーナ公爵夫人として、ひとりでも社交界に出なくてはならないだろう。

そんなときにカーライズから手渡されたのが、王城で開かれるパーティの招待状である。

しかも、第三王女であるロシータの誕生日を祝うパーティらしい。

「私が参加しても、良いの？」

招待状を確認したリアナは、カーライズに不安そうに尋ねる。

ロシータは国王が一番可愛がっている末の王女で、リアナよりも少し年上であるが、とても愛らしい顔立ちをしている。

けれどその額に、うっすらと傷跡が残ってしまっているのだ。

カーライズの元婚約者バレンティナが、とあるパーティでリアナに絡んだとき、激高した彼女が、ワイングラスを投げつけてきたことがあった。

何とか直撃を避けたリアナだったが、それが背後にいたロシータ王女の顔に当たってしまったのだ。

それが原因で、バレンティナと彼女の父親のマダリアーガ侯爵は、ふたり揃って王都から追放されている。

だからロシータの怪我には、リアナも無関係ではない。

そんな自分が、彼女の誕生日を祝うパーティに参加しても良いのだろうか。

「もちろんだ」

けれどカーライズは、そんなリアナを安心させるように、優しく言ってくれた。

「リアナを招待してくれたのは、その王女殿下だからね」

「ロシータ王女殿下が……」

それなら、参加しなければかえって失礼になるだろう。

それに王女は事件当初、まだ悪女だと思われていたときから、リアナは被害者だと言ってくれたと聞いている。

そのお礼も、きちんと言わなくてはならない。

「当日は、エスリィーもナージェも招待されている。私が傍を離れなくてはならないときも、エスリィーが一緒にいてくれるだろうから、心配はいらないよ」

リアナの不安を見抜いたかのように、カーライズがそう言ってくれた。

カーライズもナージェも当主で、それぞれ挨拶しなければならない相手もいることだろう。

キリーナ公爵家の当主であるカーライズは、むしろ挨拶される側かもしれないが、彼は爵位を継いだばかりの姉夫婦を気に掛け、よく面倒を見てくれている。当日も、ナージェをサポートしてくれるに違いない。

カーライズのお陰で大きなトラブルもなく、何とかやっていけると、姉もナージェも彼に感謝していた。

カーライズは、身内に恵まれなかった人である。

父親に疎まれ、母親に捨てられて、かつて愛した婚約者は、あっさりと異母弟に乗り換えた。

そんな彼がリアナと結婚したことによって、新しい家族を得た。

リアナはもちろん、エスリィーとナージェのことも、身内として大切にしてくれている。

きっとカーライズは、新しい家族を得たことが嬉しくて、姉夫婦の面倒を見てくれているのだろう。

リアナも同じだったから、よくわかる。

両親が亡くなったあとは姉とふたりきりで、親族たちもすべて去って行った。それなのに、今は頼れる夫と義兄がいる。

姉の夫のナージェも、もちろん今では大切な義兄である。

出会った当初はリアナに対してあまり好意的ではなかったナージェだったが、すべてはリアナを悪女と思い込んでいたからだ。

誤解だとわかってからは、何度も真摯に謝罪してくれたし、そもそもリアナも、彼の勘違いを利用して姉を守ろうとしたのだから、ナージェばかりが悪いわけではない。

さらに姉の過去を、ナージェは自分の家族にも話さなかった。

実は悪女ラーナがカロータ伯爵家の娘ではないかと噂を流した張本人も、決定的な証拠は掴んでいない。

ただ、かつて友人だったトィート伯爵にラーナを送り届けてほしいと頼まれ、彼女が馬車を降りた周辺の屋敷を探った。その結果、若い娘のいる屋敷が、カロータ伯爵家だけだったというだけである。

その噂を信じたリアナが、姉を守るために悪女を演じていたが、結果として、『悪女ラーナ』は姉ではなかった。

すべては、勘違いから起こってしまったこと。

それも、リアナがまだ若くて世間知らずだったからである。

ナージェの父であるホード子爵も、それが真実だと思っている。

結局ラーナの正体は、貴族のふりをした平民だったのではないか。だから途中で馬車を降りて、姿をくらませたのだろう。

そんな噂が流れ、今ではそれが事実だと語られているが、その噂を流したのはカーライズとナージェである。

このふたりのお陰で、姉もリアナも『悪女』からは完全に解放され、今では素のままの自分で暮らすことができる。

「この日は、ロシータ王女殿下の婚約も発表されることになっている」

「そうなのね」

王家には王太子と第二王子、第三王子。そして王女が三人いる。

もともと末娘のロシータは、他国に嫁ぐことが決まっていた。

けれど近年、その国との関係は悪化していて、王は娘を嫁がせることを懸念していた。

そんなときに、ロシータの顔に傷跡が残ってしまう。さすがに傷物になった王女を、他国の王妃として嫁がせるわけにはいかない。

国王はそれを理由に、その王太子との婚約を解消することにしたようだ。

向こうでも、関係が悪化している状態での婚姻には反対の声が上がっていたようで、あっさりと婚約は白紙になった。

こうして長年の婚約がなくなったロシータだったが、彼女にはひそかに慕っている人がいた。

もちろん他国に嫁ぐ身だったので、恋人関係にはなっていない。

ただ嫁ぐ前に一度だけ、彼と踊って思い出にしたい。そう思って参加したパーティで、怪我をしてしまったのだ。

王女の想い人は少し身分が低かったが、傷跡が残ってしまった王女を哀れんで、国王はその想い人に王女を降嫁させることにした。

その婚約を、ロシータの誕生日パーティで発表するようだ。

「この傷跡のお陰だと、ロシータ王女は感謝しているようだ」

不幸な事故だったが、それで王女がしあわせになれたのなら、少し救われる。

リアナはロシータ王女の誕生日パーティのために、姉とふたりで何度も打ち合わせをして念入りに準備をした。


そして、当日。

カーライズが姉夫婦も誘ってくれたので、最初から一緒に王城に向かうことにした。

キリーナ公爵家の馬車はとても大きく、四人で乗っても余裕がある。

やや緊張した面持ちの姉は、清楚なドレスを身に纏(まと)っていた。

レース飾りのないドレスはシンプルに見えるが、よく見れば目立たない色で刺繍が施されていて、とても美しい。

髪飾りも繊細な銀細工だが、宝石などは嵌め込まれていなかった。

その清楚な装いは、姉の雰囲気によく似合っていた。

思わず見惚れていると、姉はくすりと笑う。

「リアナ、今日のドレス、とても似合っているわ」

「えっ」

うっとりと姉を眺めていたところにそんなことを言われて、リアナは慌てて自分の装いを確認した。

今日のドレスはカーライズが贈ってくれたもので、華やかなドレスだ。

ただ『悪女ラーナ』を演じていたときに着用していたものとは違い、肩も首も隠れていて、高価なレース飾りがふんだんに使われている。

髪飾りも首飾りも、大きな宝石が使われていた。

豪奢な装いだが、キリーナ公爵夫人にふさわしい、華やかながらも気品のあるものだ。

ドレスの生地も宝石も最高級のもので、肌がまったく見えていないので人妻らしさがあり、さらにレース飾りがまだ若いリアナの可愛らしさを引き立てている。

「さすがに、リアナに似合うものをよく知っているのね」

姉は、満足そうに頷いた。

「エスリィーもリアナも、どちらも綺麗だよ」

義兄のナージェは、そう言って嬉しそうにふたりの顔を交互に見ている。

「カーライズ？」

自分の夫はどう思っているのだろうと、彼を見上げたリアナは、カーライズが何だか感慨深そうな顔で、他の三人の顔を見回していることに気が付いた。

「どうしたの？」

「いや、こうして新しい家族を持てたのが、まだ信じられないような気持ちだ」

「……そうね」

そう言ったカーライズに、リアナも同意して身を寄せる。

「私もそう。でも、私たちはもう家族よ。姉と、義兄と、そして夫と一緒にいられて、とてもしあわせだわ」

リアナの言葉に、エスリィーも大きく頷く。

「ええ。私もまだ、この幸福が現実なのかしらと、思うときがあるの。病に冒されて、死ぬ寸前に見ているしあわせな夢なのかもしれないって」

「エスリィー」

そんな姉の肩を、ナージェが抱き寄せる。

彼は、この中で唯一、普通の家族に恵まれている。ナージェの父も、息子のことを心配したからこそ、姉との婚約に慎重だった。

家族に愛されていた。

そのことに、ナージェは少し負い目を感じている様子だった。

けれどそんなことはないと、愛されているのは素晴らしいことだと、姉と言葉を尽くして説明をしてきた。

「俺は幸福な家族を知っている。だから、君たちの道しるべになるよ。これから先もずっと、四人でしあわせになれるように」

「義兄様……」

「ナージェ、ありがとう」

彼の決意に、リアナは姉と顔を見合わせて、手を繋いだ。それを見たナージェも、カーライズの手を取る。

馬車の中で、四人で手を繋ぎ合う。

その光景が何だかおかしくて、姉と一緒に笑った。

リアナが姉、義兄、そして最愛の夫を裏切ることは絶対にないし、彼らに裏切られることもないだろう。

ふたりの笑い声に釣られたようにナージェも笑い、そしてカーライズも、柔らかな笑みを浮かべる。

身内の前でしか見せない、穏やかな顔だった。

やがて馬車は王城に到着した。

王城でのパーティに参加するのは初めてなので、緊張してしまう。

姉もかなり緊張している様子だった。

それぞれの夫に手を取られながらも、顔を見合わせる。

四人はそのまま、控え室に案内された。

個室が用意されるのは侯爵家以上の家だけらしいが、身内だからということで、エスリィーもナージェも同じ控え室に案内してもらう。

ここでパーティが開催されるまで、待機することになる。

姉と一緒に見事な庭園を眺めながら寛いでいると、王城に勤めるメイドが控え室を訪ねてきた。

王女ロシータが、パーティが始まる前にリアナに会いたいと言っているらしい。

まさかパーティが始まる前に、呼び出されるとは思わなかった。

(どうしよう……)

思わずカーライズを見上げると、安心させるように頷いてくれた。

「パーティ会場で、大勢の前で話すよりもいいだろう。私も同行しよう」

リアナはほっとして、お礼を言う。

「ありがとう」

カーライズが一緒ならば、心強い。

「いってらっしゃい」

姉とナージェに見送られ、リアナはカーライズと一緒にメイドに案内されて、ロシータ王女のもとに向かった。

王城の奥深くまで入ったのは、初めてだった。

（すごい……）

建物の広さ、豪華な装飾に感嘆する。

物珍しかったが、キリーナ公爵夫人が挙動不審な行動をするわけにはいかない。リアナは周囲を見回したくなるのを堪えて、先を歩くカーライズの背を見つめた。

メイドが部屋の扉をノックして、リアナたちの到着を告げる。

室内に入ると中央にあるソファーに、恋人らしき男性とふたりで座っていたロシータは、リアナの姿を見てにこりと微笑みかける。

「急に呼び出してしまって、ごめんなさい。あなたとは、一度話してみたかったの」

そう言うロシータは、とても可愛らしい女性だった。

腰まである長い黒髪は艶やかで美しく、肌の白さを引き立てている。こちらを見つめている大きな瞳は、綺麗な緑色だ。

リアナより年上だと聞いているが、大人びた顔立ちのリアナよりも若く見えるくらいだ。

そんな可愛らしい王女だったが、その額にはうっすらと傷跡がある。髪で隠れていて見えないが、それを思うと苦しくなる。

「このことなら、気にしないで」

そんなリアナの様子を悟ったのか、ロシータはそう言って、自分の額に触れた。

「悪意を持ってあなたを傷付けようとしたマダリアーガ侯爵令嬢を許すつもりはないし、傷跡が残ってしまったのは、たしかに悲しかった。でも、あの件はあなたも被害者よ。それにこの傷のお陰で、私の人生は変わったわ」

そう言って、寄り添うように傍にいた恋人を見上げる。

彼は、ピーナ伯爵家の長男で、エイトと名乗った。

ロシータが慕っていただけあって、とても美しい男性だった。

どうやら王女は学園で、彼を見初めたらしい。

学生時代は学友として、ある程度の交流は許されていたようだ。

ただ、ふたりきりにはならないように、気を付けていた。

王女は自分が他国に嫁ぐ身であることを、よく理解していたのだ。

そんな彼女が、最後の我が儘として参加したパーティで、あんなことになってしまったのは皮肉なことだ。

けれど、それが転機となった。

「エイトと一緒になれるなんて、まったく思わなかった。わたくしの人生は国のために捧げると決めて、嫁いだ先でどんな扱いをされようとも、我慢しなければと決意していたのに」

それが、婚約は白紙となり、ひそかに慕っていた相手と婚約することができた。

たしかにあれは不幸な事故だったけれど、彼女の人生を良い方向に大きく変えたのは、間違いないようだ。

傷跡が残ってしまっている以上、手放しでよかったとは言えないけれど、今のロシータは、きっとしあわせだろう。

「ご婚約、おめでとうございます」

そう思ったから、リアナはそれだけを告げた。

ロシータは嬉しそうに、ありがとう、と微笑んだ。

「あなたのことも、ずっと気になっていたの。皆は悪女だと言っていたけれど、どう見てもわたくしよりも若かったもの。それなのに、あんなことを言われていても、黙って耐えていて……」

あのときのリアナを、心配してくれた人がいた。

そう思うと、胸が温かい感情で満たされる。

「ご心配いただき、ありがとうございます。あの事故のあと、王女殿下の怪我は私のせいではない、と言ってくださったこと、ずっと感謝しておりました」

深々と頭を下げる。

やっと、あの日のお礼を言うことができた。

ロシータは、当然のことをしただけだと、優しく告げる。

「今は、しあわせそうで安心したわ。キリーナ公爵とは、上手くいっているの？」

「はい」

リアナは、そんなロシータの問いに笑顔で頷いた。

「とても、しあわせです。夫を愛していますから」

「……そう。よかったわ」

ロシータは頷き、リアナの手をそっと握る。

「あなたさえ良かったら、わたくしと友達になってくれないかしら」

「わ、私などに……」

光栄だが、王女殿下の友人など、荷が重い。

そう言って慌てるリアナに、ロシータは傍にいる恋人を見上げながら、こう言った。

「わたくしは、もうすぐ王女ではなくなるわ。彼と結婚して、伯爵夫人になるのよ。だから、お願い」

たとえ伯爵家に嫁いでも、彼女が王家の血を受け継いでいる事実は変わらない。

けれど愛らしい王女に懇願されてしまえば、リアナは頷くしかなかった。

「ありがとう。あなたはわたくしが自分から望んだ初めての友人よ。これからよろしくね」

そう言って笑みを浮かべるロシータに、リアナは感謝した。

悪女の誤解は解けたとはいえ、まだ社交界に馴染んだとは言えない。

パーティなどではカーライズが傍にいてくれるが、女性だけの集まりもある。

けれどロシータ王女のお気に入りだという噂が流れたら、リアナが孤立することも、冷遇されることもなくなるだろう。

実際、王女の誕生日パーティが始まると、ロシータはリアナを傍に呼び寄せてくれた。

婚約が発表され、たくさんの人たちが王女にお祝いの言葉を言うために集まったが、その間もリアナはずっと王女の傍にいることになった。

ロシータ王女の婚約者のエイトは、こういう場にはまだ慣れていないようで、かなり緊張した面持ちだった。けれど彼の傍にはカーライズがいて、挨拶をしているのが誰なのか、そっと耳打ちしている。

リアナがパーティ前に王女に呼び出されたときも、カーライズはずっとエイトの相談に乗っていた。

互いにこういった場に不慣れなパートナーの援助のために、カーライズとロシータは協力することにしたのだろう。

「……あなたと友人になりたいと思ったのは、本当よ」

リアナの気持ちがわかったかのように、ロシータがぽつりとそう言った。

「あの日。何を言われても静かに耐えているあなたを見て、守ってあげたい。傍にいてあげたいと思ったの」

自分のそんな気持ちが先だったと、ロシータは語る。カーライズはそれに感謝して、王女の婚約者をサポートしてくれているのだとも。

「ありがとうございます」

リアナは静かに頭を下げる。

「あのときの私に対して、そう思ってくださったのは王女殿下だけです」

孤独だったからこそ、その優しさがいっそう身に沁みた。

「駄目よ。友人なのだから、ロシータと呼んでくれないと」

「はい。ロシータ様」


それからロシータは、婚約祝福の言葉を伝えに来た姉夫婦にも、親しく話しかけてくれた。

「王家預かりになってから、領地を取り戻した貴族はほとんどいないわ。こうして爵位を受け継ぎ、領地も元に戻ったのは素晴らしいことよ」

王女の賞賛に、姉は瞳を潤ませていた。

たしかに、すべては姉の努力の結果である。それを理解してくれて、姉を褒めてくれたロシータに、リアナも深く感謝する。

ロシータの婚約が正式に解消されたあとに、王女の降嫁を望む者は数多くいたようだ。

けれど選ばれたのは、伯爵家の令息である。

王女の想い人というだけで、目立った功績も特出した能力もない、普通の青年だった。

それを妬んだ人もいたようだが、彼の隣にはキリーナ公爵であるカーライズがいる。

父親の代には醜聞も多かったキリーナ公爵家だが、カーライズが当主となってからは、領地の運営も事業も上向きで、最近では福祉にも力を入れている。

縁戚であるマダリアーガ侯爵家やカロータ伯爵家など、爵位を継いだばかりの若い当主のサポートもしていて、国王からの信頼も厚い。

さらに過去に世話になった恩義を忘れずに、亡きトィート伯爵が勧めた縁談を受けている。

その相手であるカローク伯爵家のリアナは、姉を守ろうとして悪女を演じ、それが理由ですれ違いが続いたが、今では世間でも評判になるくらいの愛妻家だ。

そんなカーライズが傍にいれば、王女の婚約者であるエイトに嫌みを言うこともできない。

エイトはそれくらいのことは覚悟していたと言うが、不特定多数からの悪口は、心をかなり消耗させる。

言われることがないのなら、その方が良い。

自分の経験から、リアナはそう思う。

さらにカローク伯爵家を継いだばかりのナージェが、同じ伯爵家として親近感を持ったようで、親しげに話しかけている。

その代わりにロシーク王女が、まだ社交界には不慣れなリアナとエスリィーを、優しくサポートしてくれた。

王女の周囲にいた令嬢たちも、リアナとエスリィーに話しかけてくれる。

皆、リアナと同じくらいの年齢だったが、未婚の令嬢が多かった。

結婚後の生活に不安を抱いている令嬢もいるようで、既婚者のエスリィーとリアナに、色々と質問してきた。

「婚約者が冷たくて……」

そんな悩みを打ち明けてきたのは、とある伯爵令嬢だった。

婚約者は年上で、あまり交流もないという。

カーライズとリアナも、結婚後一年間はまったくの別行動だった。そしてカーライズは、人嫌いで、身内であっても容赦なく断罪する冷酷な人間として知られていた。

それが、今の彼はまったく違う。

どうしてカーライズは、あれほどまでに変わったのか。

そう尋ねられて、リアナは戸惑う。

「それは……」

たしかにカーライズは、以前とはまったく違う人のようだ。でもリアナとカーライズの場合は特殊で、あまりにも色々なことがあった。

彼女の悩みに寄り添ってあげたいと思うが、どう答えたらいいのかわからなかった。

「それは、本人に聞いた方が良さそうね」

リアナの様子を見て、ロシータがそう言った。

「キリーナ公爵を呼んできて」

そう言うと、王女の傍に控えていた者がすぐにカーライズを連れてきた。

一緒にいたらしく、ナージェとロシータ王女の婚約者エイトの姿もあった。

「急に呼び出してごめんなさい」

ロシータはそう言うと、カーライズに問いかける。

「結婚してからのあなたがあまりにも変わったものだから、その理由が知りたくて」

急な呼び出しに戸惑っていた様子のカーライズだったが、ロシータにそう聞かれて、視線がリアナに移る。

自分が上手く答えられなかったせいで、彼に迷惑を掛けてしまった。

咄嗟に謝罪しようとしたリアナだったが、カーライズはリアナを見つめると、安心させるように頷いてくれた。

「すべて、リアナのお陰です。私は最初、リアナに対して誠実ではなかった。けれど彼女は、そんな私を許してくれた」

リアナを見つめるカーライズの瞳には、優しさだけではない熱が込められていて、その端正な顔を見慣れているリアナでさえ、どきりとする。

「そんな彼女にふさわしい人間になりたかった。だからこそ、以前とは違う自分にならなければと、努力しました」

それは以前、彼自身から聞いた言葉だ。

けれどこんなに大勢の前で、こんなに熱い眼差し（まなざし）で伝えられてしまうと、さすがに恥ずかしくなる。

目を逸らし両手で頬を押さえて、羞恥に赤くなるリアナを見て、周囲の人たちも優しい笑みを浮かべている。

世間では、カーライズは亡きトィートト伯爵の恩義に報いるため、彼の遺言によって、カロータ伯爵家の令嬢と結婚したと信じられている。

つまり、政略結婚のようなものだ。

ここにいる令嬢たちも、ほとんどがそうだろう。

けれど互いに歩み寄ることにより、このふたりのようなしあわせな夫婦になることも可能かもしれない。

複雑な事情を知らない令嬢たちは、リアナとカーライズの姿にそんな希望を抱いたようだ。

それを、リアナは否定しようとは思わない。

互いに相手を思いやり、理解しようとすることは、政略結婚だからこそ必要なものだと思う。

「そう。素敵な話ね」

ロシータがそう言うと、周囲の令嬢たちも大きく頷いた。

リアナもほっとして、カーライズを見上げる。

視線が合うと、彼は手を差し伸べる。

「ロシータ王女殿下。そろそろ妻と踊ってもよろしいでしょうか」

「ええ、もちろんよ」

リアナが緊張していたことを悟って、連れ出してくれるようだ。

傍を離れる許可を得たので、リアナはカーライズと踊ることにした。

この日のために、姉とふたりで一生懸命練習した。少しだけ周囲の視線が気になったが、彼と踊るのはとても楽しかった。

当日までは色々と考えてしまい、不安だったが、とても楽しい夜だった。

あとから思えば、ロシータとカーライズはリアナの悪評を完全になくすために、大勢の令嬢たちの前であんな話をしたのかもしれない。

この日から、ふたりは貴族たちの中でも特に夫婦仲が良いとして評判になってしまうのだが、このときはそんなことになるなんて、まったく思わなかった。

パーティも無事に終わり、ロシータは最後にリアナに声を掛けてきた。

「今度はこの六人で、どこかに遊びに行きましょうよ。わたくし、以前から海が見たいと思っていたのよ」

六人とは、ロシータと婚約者のエイト。姉夫婦。そしてリアナとカーライズのことだろう。

王女の誘いに、リアナも笑顔で頷いた。

「はい。是非」

緊張していたせいか、パーティはあっという間に終わってしまったように感じる。

しかしやはり疲れてしまったのか、帰りの馬車の中で、リアナはいつの間にか眠ってしまった。

馬車が止まった。

「大丈夫。私が運ぶよ」

そんな声が聞こえて、ふわりと抱き上げられた。

カーライズの声だとわかったから、リアナは素直に身を委ねた。

遠い昔、遊び疲れて眠ったとき、父に抱き上げられたことを思い出す。

父と違うのは、リアナもカーライズが疲れてしまったときは、抱き上げることはできないけれど、ずっと寄り添っていいたいと思うことだ。

カーライズは、今は回復して健康そのものだが、リアナと再会したときは、病に苦しんでいた。

もうあんな姿は見たくないけれど、もしそうなってしまったら、何があっても傍を離れないだろう。


朝、目が覚めてみたら、姉も同じように眠ってしまって、昨晩は領地のキリーナ公爵邸に泊まったようだ。

今までも何回も泊まりに来ているから、姉もすっかり寛いでいる。

ナージェなど、まだ眠っているらしい。

だから姉とふたりで、先に朝食にすることにした。

「このパン、とても柔らかくて美味しいわ」

「マルティナさんの作るパンは、絶品だもの」

リアナは姉の言葉に大きく頷いて、そう言った。

修道院でリアナの面倒を見てくれたマルティナは、カーライズが保護した子どもたちと一緒に、王都から近いキリーナ公爵領に移動していた。

公爵領内にある別荘で子どもたちと暮らしていたが、ようやくその保護施設が完成し、子どもたちはそこに移動している。

もちろんマルティナも子どもたちの面倒を見ているが、施設内にはカーライズが雇った職員もいるし、リアナも時間を見つけては、施設に通っている。

これからはマルティナも、自由になる時間が増えるだろうからと、キリーナ公爵家が出資して、施設の近くにパン屋を開いたのだ。

彼女は流行病で夫を失っているが、夫婦でパン屋をしていた。王都にあったその店は、流行病で夫が亡くなってしまって、閉店している。だからキリーナ公爵領でもう一度店を持てて、彼女は嬉しそうだった。

さらにパン作りに興味を持った施設の子どもを、この店で雇えるくらい、大きな店にしたいと語っていた。

マルティナのパンは本当に美味しいので、リアナも積極的に宣伝をしている。

「施設で働いている方ね」

詳しく話していたので、姉もすぐにマルティナが誰なのか、理解したようだ。

「昨日ナージェとも話し合ったのだけれど、その施設を見学させてもらうことは、可能かしら。いずれカロータ伯爵領にも、子どものための施設を作りたいと思っているの」

少し考える素振りを見せたあと、姉は真剣な顔で、そう言った。

流行病は国内で猛威を奮い、各地で孤児になった子どもがいるらしい。予防薬の普及によって今は沈静化しているが、これからまた、同じことが起こらないとは限らない。

姉は今後のために、カロータ伯爵家の領地にも、ひとりになってしまった子どもや、事情があって親元を離れなくてはならない子どもを保護する施設を作りたいようだ。

「ええ、もちろんよ。カーライズに話してくるから、待っていて」

リアナはすぐに頷き、姉を応接間で待たせて、カーライズのもとに向かった。

彼は毎日忙しそうだから、一緒に行くのは無理かもしれないが、リアナもあの施設のことはよく知っている。

カーライズとふたりで色々と相談して、作り上げたものだ。

だから施設の案内は、リアナひとりでも充分だろう。

朝から執務室で仕事をしている彼のもとを訪れる。

仕事の邪魔をしないように、要件だけを告げて立ち去るつもりだった。

「カーライズ、これから姉様に、施設を案内したいの」

そう言うと、彼はすぐに承諾してくれた。

「わかった。ならばナージェと四人で行こうか」

仕事の邪魔をしてしまったのではないか。

そう心配するリアナに、カーライズは大丈夫だと言ってくれた。

「ちょうど、施設に届けなくてはならない物資がある。足りないものがないか、聞かなくてはならない」

タイミングが良かったらしく、一緒に行けるようだ。

カーライズがそう言ってくれたので、リアナは急いでいつも施設に手伝いに行く格好に着替えて、姉の待つ応接間に向かう。

「カーライズも一緒に行ってくれるみたい」

「そう。忙しいのにごめんなさい。でもリアナ、その姿は?」

「施設に行くときは、いつも子どもたちと遊ぶから、動きやすい服装で行くの」

一緒におやつを作ったり、裁縫を教えたりする。そう言うと、姉も着替えたいと言うので、リアナの服を貸してあげた。

「子どもたちは元気だから、姉様は疲れないように気を付けてね」

「ありがとう。でも、私はもう大丈夫よ」

そう言う姉は、たしかに以前とは比べものにならないくらい、元気そうだ。

頬も薔薇(ばら)色で、髪も艶やかで美しい。

姉の元気そうな姿を見る度に、助けられてよかったと、心からそう思う。

ここに至るまでにはつらいこともあったが、このしあわせな未来のためなら、些細なことだったとさえ思える。

屋敷の入り口に向かうと、カーライズもナージェも、同じように動きやすい服装をしてふたりを待っていた。彼らは荷物の搬入などを手伝うようだ。

「お待たせ」

「いや、大丈夫だ。では、行こうか」

大型の馬車に四人で乗り込む。

その後に続く馬車には、施設に運ぶ物資などが詰め込まれている。

施設に行く前にマルティナの店に寄って、昼食にすることにした。

「子どもたちが手伝ってくれるから、パン屋の中で食事も出すようになったのよ」

リアナは姉にそう説明する。

焼きたてのパンにスープ、フルーツなどがセットになったメニューが人気のようだ。

「美味しそう。そこで食べてみたいわ」

姉は食欲もあるようで、朝食を終えたばかりなのに、目を輝かせていた。

「そうしてもいい？」

カーライズに尋ねると、彼も頷いてくれた。

マルティナには先に連絡をしておくことにして、馬車の中で色々な話をする。

「ああ、そういえばロシータ王女殿下も、一度施設を見学したいと言っていた」

ふと思い出したように、カーライズがそう言った。

国内に孤児院や救貧院はたくさんあるが、カーライズが作ったような大規模な施設は、今までなかったようだ。

この施設では、ただ子どもたちを集めて衣食住の面倒を見るだけではない。ある程度成長した子どもには、施設内にある学校で勉強を教えたり、職業訓練のようなものもしている。

そのための教師なども滞在していて、専門の医者もいるくらい、大きな施設なのだ。

もちろん職員もたくさんいて、子どもが良い環境で育つことができるようにと、リアナとカーライズが色々と考えて作った施設である。

だが子どもたちが一番懐いているのは、やはり最初に救ってくれた『ライ様』である、カーライズだ。

キリーナ公爵家当主として忙しいながらも、カーライズも時間を見つけては、子どもたちに会いに行っている。

そんな話をしているうちに、馬車は目的地に到着した。

昼近くになっていたので、まずマルティナの店に行くことにした。

パンの焼ける良い匂いが周囲に広がり、店は満員のようだ。

四人は目立たないところに馬車を止め、徒歩で店に向かう。

「ライ様、リアナ。いらっしゃい」

忙しく立ち働いていたマルティナは、リアナを見ると手を止めて、出迎えてくれた。

彼女には無理に頼み込んで、以前と同じように敬語は使わずリアナと呼んでもらっている。

キリーナ公爵夫人を呼び捨てになどできないと、マルティナはしきりに恐縮していたが、彼女は何も持っていなかったリアナに優しくしてくれた、数少ない人である。

母のように慕っている相手に、畏(かしこ)まって呼ばれると寂しい。そう訴えて、ようやく以前と同じように話してもらえるようになった。

その辺りの事情は、ここに来るまでに姉にも説明しているので、姉もナージェも、そんな様子を優しく見守ってくれていた。

「私の姉と、義兄です」

正式に爵位を名乗ってしまうと、やはりマルティナは恐縮してしまうだろうから、ふたりのことも、そう簡単に説明する。

マルティナは戸惑ったようにカーライズを見たが、彼が静かに頷いたので、いつも通りで良いと悟ったのだろう。

笑顔で出迎えて、店の奥に案内してくれた。

「どうぞこちらへ。今、食事をお持ちします」

「ライ様、いらっしゃいませ」

奥に行くと、手伝っていた子どものひとりが、彼の姿を見て駆けつけてきた。

エミリーという、黒髪の少女だ。

リアナとマルティナが初めて子どもたちが隠れていた教会を訪れたとき、最初に警戒したように話しかけてきたのが、このエミリーだった。

そのときは十歳くらいだと思っていたが、満足に食事もできなかった状況で育っていたらしく、実は十三歳で、今はもう十四歳になっている。

エミリーは料理が好きだったので、マルティナは彼女を自分の養女にしていた。今は施設から出てマルティナと暮らしているが、施設内にある学校には引き続き通っている。

栄養のある食事と綺麗な身なりですっかりと大人びて、今はこの店の看板娘として評判になっているらしい。

そんなエミリーも、他の子どもたちと同じく、カーライズに懐いている。

「今日のスープは、わたしが作ったんです」

彼に、そう告げる。

「そうか。楽しみだな」

ふたりの様子を微笑ましく見守っていると、エミリーの視線がリアナに向けられた。

花が咲いたように綺麗に微笑んで、こちらにも駆け寄ってきた。

「リアナさん、お久しぶりです」

「ええ。エミリーも元気そうで、よかったわ」

妹のように懐いてくれる彼女を、リアナもとても可愛がっていた。

カーライズが救わなかったら、エミリーも他の子どもたちも、助からなかったかもしれない。

そう思うと、施設の重要性を改めて思い知る。

「今朝のパンも美味しかったけれど、焼きたては格別ね……」

姉もナージェも、気に入ったようでたくさん食べてくれた。リアナも姉と食事ができることが楽しくて、いつもよりも食べる量が多かったかもしれない。

それをカーライズが、静かに見守ってくれる。

病魔に冒されていたエスリィーと、小食だったリアナが、これほど食べられるようになったのが嬉しいようだ。

お土産にたくさんパンを買い、近くにある施設に向かう。

「大きいのね……」

貴族の屋敷ほどもある大きさの建物に、馬車から降りた姉は、感嘆したように言った。

「中には公園と、学校もあるの。だから敷地も大きくなっているのよ」

入り口は開放されていて、公園と学校は町の人たちも利用できるようになっている。

施設の子どもたちが孤立しないためにと、リアナがカーライズに提案したことだ。

こうすれば、町の子どもたちと施設の子どもたちが一緒に公園で遊んで、学校で学ぶことができる。

学校には教師が、公園には管理人がいて、子どもたちをしっかり見ていてくれる。だから忙しい親は、学校に子どもを預けて、そのまま仕事に行くことも多い。

町の人たちからも、子どもを安心して預けられると、感謝されていた。

リアナは姉とナージェに、施設と学校、そして最後に広い公園を案内していく。

子どもたちと公園で遊び回ったあと、少し疲れたので、公園にある休憩所で休んでいた。

途中から別行動で荷物を運んでいたナージェも戻ってきて、ふたりと合流する。

カーライズは、施設に向かったようだ。

「想像以上に素晴らしいわ」

まだ駆け回って遊ぶ子どもたちを眺めながら、姉はそう言った。

「でも、カロータ伯爵家でこれと同じ施設を作るのは、無理ね……」

そんな姉に、ナージェが寄り添う。

「領民の数も違うから、たしかに同じ規模は無理だけど、参考にしたいところはたくさんあるよ」

「ええ、そうね」

そのまま真剣に話し合いを始めたので、リアナは邪魔をしないようにそっとふたりから離れ、先に施設に戻ったカーライズを探すことにした。

だがどこにもいない。

(どこに行ったの?)

探し回っていると、施設内の図書室でようやくその姿を見つける。

「カーライズ」

声を掛けると、彼は振り向いた。

「ひとりで、どうしたの?」

「施設で足りないものがないか、確認していた。本がもう少し必要なようだ」

たしかに彼の言うように、図書室はまだできたばかりで、本棚にも空白がある。

「そうね。どんな本がいいのか、先生に相談してみるわ」

「ああ、頼む。あのふたりはどうした?」

姉とナージェのことを聞かれて、公園にいると告げる。

「ふたりで真剣に話し合いをしていたわ。邪魔をしたらいけないかと思って」

「そうか」

カーライズは頷くと、図書室の窓辺に移動して公園を見つめた。視線の先には、元気に駆け回る子どもたちと、真剣に話し合う姉夫婦の姿が見える。

リアナも彼の隣に立って、ふたりで並んで、子どもたちを眺めた。

楽しそうな声に、自然と笑みが浮かぶ。

元気に駆け回る姿に、もう病の影は欠片も見当たらない。

そう思って隣にいるカーライズを見上げると、彼は窓の外ではなく、リアナを見つめていた。

その優しい眼差しに、リアナも彼に対する愛しさが増していく。

（よかった……）

姉の命を救えたこと。

そして、子どもたちの未来を守れたことは、とても嬉しい。

けれどその後は、もう自分は必要ないと思っていた。

姉にはナージェがいるし、子どもたちにはマルティナがついている。

別れたら寂しいと思ってくれるかもしれないが、立ち直れないほどではない。

でもカーライズは、もしリアナを失ってしまったら、もう二度と、心から笑うことはできないだろう。

あまり自分に自信がないリアナでもそう思えるくらい、カーライズはリアナを深く愛してくれている。

（そして、私も……）

心から、愛している。

結婚してから、カーライズに恋をした。

出会い、そしてここに至るまでの経緯は普通ではなかったけれど、もし今、離縁を切り出されても、承知することなどできない。

たとえその方がカーライズのためだったとしても、きっと嫌だと、傍にいたいと思ってしまうに違いない。

こんなふうに誰かを愛するなんて、愛されるようになるなんて、姉とふたりきりで、必死に生きていたあの頃は想像もできなかった。

「こうしてふたりきりになるのも、久しぶりね」

公爵邸にはいつもたくさんの人がいるし、屋敷の中でさえふたりきりになることはほとんどない。

それは当然のことだと思うけれど、リアナはときどき、あの古い教会で過ごした日々が懐かしくなる。

朝から晩まで、常に顔を合わせ、何でも話すことができた。

互いの表情を見ただけで、今はどんな状態なのか、理解することができていた。

それが、今の生活では少し距離を感じてしまって、寂しい。

あのときのように、たまにでいいから、近くにいたいと思ってしまう。

今ではカーライズのすべてを愛しているけれど、リアナが最初に恋をしたのは、そのときに出会った『ライ様』なのだ。

「そうだな。ロシータ王女殿下が、落ち着いたら六人で海を見に行きたいと言っていたが、その前にふたりで出かけないか？」

　そんなことを考えていたときに、カーライズにそう誘われる。

「本当に？」

　もっと一緒にいたいと思っていたリアナの気持ちがわかったかのような誘いに、思わず確かめるように聞き直してしまう。

　カーライズは頷いた。

「ああ。フェリーチェに、少し働きすぎだと叱られてしまってね。どうせ休暇を取るのなら、リアナとふたりで、ゆっくりと過ごしたいと思った」

　最近のカーライズはいつも忙しそうで、少し寂しさを感じていたのは事実だ。

　だからこそ、距離が近かったあのときのことを、懐かしく思い出してしまっていたのかもしれない。

「行きたい。すごく楽しみだわ」

　素直にそう答えると、カーライズも目を細めて頷いてくれた。

　姉夫婦と合流して、王都の屋敷に帰る馬車の中でも、リアナはふたりきりで過ごす休暇のことばかり考えていた。


　それから数日後。

　ふたりは約束した通り、休暇旅行に出かけることにした。

目的地はキリーナ公爵家の領内だが、山間にとても綺麗な湖のある場所があって、ちょっとした観光地になっているらしい。

季節的にも紅葉が綺麗だと言われて、その場所に決めた。

今回は姉夫婦には声を掛けず、ふたりきり。

さらに領内なので、メイドと護衛をひとりずつ連れて行くだけの、少人数での旅行である。

さすがに少し不用心かもしれないと思うが、キリーナ公爵領は平和である。

各町にも警備兵が常在していて、治安も良い。

だから、問題はないだろう。

それでも馬車はあまり目立たないように、公爵家の紋章のない小型のものだ。

付き添ってくれるメイドは荷物とともに別の馬車に乗り、護衛は御者をしてくれているので、馬車の中ではふたりきり。

しかも、小型の馬車なので距離が近い。

まるで、あの頃のようだ。

「姉様は、手先はあまり器用ではなかったけれど、数字に強くて、計算が速いの。だから商会の運営にも向いているかもって」

姉とふたりで勉強している内容。

手紙のやりとりをするようになった、新しい友人のこと。

話したいことは、たくさんあった。

カーライズも興味深そうに聞いてくれて、ときには的確なアドバイスをしてくれるので、話は尽きない。

「すまない」

さすがに少し話し疲れてしまって、言葉が途切れたとき。

カーライズはそう言って、リアナの髪を撫でる。

向かい合わせに座っても、簡単に触れられるくらい、近い距離だ。

「え？」

急な謝罪に、首を傾げる。

「頻繁に旅行はできなくても、こうしてリアナの話を聞くことは、いつでも可能だった。それなのに、忙しさを理由にして、寂しい思いをさせてしまったな」

そう言われて、夢中で話し続けてしまったことに気が付いた。

「私こそ、ごめんなさい。カーライズはお仕事で疲れているのに、一方的に……」

カーライズが仕事を頑張っているのは、キリーナ公爵領の領民のため。

そして屋敷で働く人たちや、リアナのためだ。

それなのに、寂しいと思ってしまう。

自分勝手ではないかと、反省した。

「謝る必要はないよ」

でもカーライズは、そう言って優しくリアナの頬を撫でる。

「リアナと話をするのは私も楽しい。だからこそ、もっと話したいと思った。それに、施設のことなどは、リアナの話で気付かされることが多い」

「私でも、役に立っているの？」

「もちろんだ」

不安そうなリアナに、カーライズは深く頷いた。

「だからもっと、話をしよう。思うことは何でも言ってほしい。あの町の、教会で過ごしたときのように」

「……うん」

カーライズも、教会で過ごした日々を懐かしく思ってくれていた。

そう思うと嬉しくなって、リアナは笑顔で頷いた。

リアナはまだ年若く、世間知らずで、見た目に反して子どもっぽいところがあると自覚している。

だから、なるべくカーライズに迷惑をかけないようにしなければと、思っていた。

けれど彼は、そんなリアナを丸ごと受け止めてくれる。

「私もカーライズの話を聞きたいわ」

「そうだな。この間、カロータ伯爵家に行ったときのことを話そうか」

ナージェが、新米領主として頑張っていること。

染料にできる花を植えてみたら、事業として成功しそうなこと。

そして、カロータ伯爵家の使用人に、リアナのことをよく聞かれることなどを話してくれた。

「染料……」

「綺麗な紅色に染まるようだ」

リアナも花が好きだったから、それが何か、すぐにわかった。

「もしかして、セリッタの花かしら。たしかに、鮮やかで美しい花だわ」

まだ経済的に余裕のないカロータ伯爵領の、新しい名産になるかもしれない。

「すごいわ。私もその花を見てみたい」

「エスリィーも、見せたいと言っていた。近いうちに、一緒にカロータ伯爵家に行こう」

その後も話は尽きることなく、気が付けばもう目的地に到着していた。

カーライズに手を取られ、馬車から降りたリアナは、目の前に広がる光景に、思わず感嘆の声を上げた。

「綺麗……」

湖は想像以上に広く、澄んでいて、水面には光が反射して煌めいていた。

湖を取り囲むようにして遊歩道があり、その周囲には木が植えられていた。

聞いていたように、その葉は鮮やかな紅色に染まり、とても美しい。

遊歩道の先には建物がたくさんあって、店や宿が建ち並んでいるようだ。キリーナ公爵家が所有する別荘もあるようだが、長い間使っていなかったので建物も傷んでいて、危険らしい。

だから今日は、宿に泊まることになっている。

観光に訪れた貴族も宿泊するような高級宿なので、警備も行き届いているようだ。

「どうする？　少し歩くか？」

カーライズにそう尋ねられて、リアナは頷く。

「ええ。せっかくだから、湖をゆっくりと眺めてみたいわ」

ふたりは遊歩道を歩きながら宿に向かうことにした。

少し離れて、護衛も付き添ってくれる。

遊歩道は整備されていて、とても歩きやすい。

背の高いカーライズと比べると、リアナの歩みはとても遅いが、彼はリアナに合わせてゆっくりと歩いてくれた。

この心遣いが嬉しい。

周囲の景色を眺めながら、宿を目指す。

赤く染まった木の葉が湖に映り込んでいて、それがまた美しい。

「綺麗ね」

「ああ。春も花が咲き誇っていて、美しい景色らしい」

春も来てみたい。

そう言うと、それまでに別荘を修繕すると言ってくれた。

宿に泊まるのも楽しそうだが、別荘ならば、もっとゆっくりと滞在することができるかもしれない。

隣を歩くカーライズの表情も穏やかで、寛いでいるのがわかって嬉しかった。

（でも……）


リアナには、気になっていることがあった。

カーライズはリアナと結婚する前に、婚約者がいた。

マダリアーガ侯爵令嬢のバレンティナだ。

きっとカーライズは彼女のことを、愛していたのだと思う。

そんな彼女ともこうやって、ふたりきりで過ごしたことがあるのだろうか。

バレンティナと一緒にいて、カーライズは癒やされていたのだろうか。

（以前はそんなこと、考えたりしなかったのに）

カーライズに惹かれていくほど、過去のことが、元婚約者のバレンティナのことがどうしても気になってしまう。

「リアナ、どうした？」

ぼんやりとしているのがわかったのか、カーライズが心配そうに声を掛けてきた。

「疲れたか？　少し休もうか」

そう言って、湖のすぐ近くにある東屋（あずまや）に連れて行ってくれる。

「……ありがとう」

バレンティナにも、こんなに優しくしていたのだろうか。

またそんなことを考えてしまい、リアナは俯いた。

リアナにとって初めての恋だったから、皆がこんな気持ちになるのかどうか、わからない。

誰かを愛するのは、とてもしあわせなこと。

それでも少しだけ、苦い部分がある。

カーライズがバレンティナに優しく接している姿を想像しただけで、胸が苦しくなった。

「リアナ。何か悩んでいることがあるのか?」

「……」

どう話したらいいのか、わからなかった。

こんなことを言ったら、呆れられてしまうのではないか。

嫉妬深いと思われてしまうのではないか。

けれど、カーライズはきっと、リアナの気持ちを受け止めてくれる。そう思ったから、正直にすべてを打ち明けることにした。

「バレンティナさんのことが、気になってしまって」

「……バレンティナ?」

思い切って口にした名前だったが、カーライズには予想外だったようで、不思議そうにリアナを見つめる。

「どうして、彼女のことが?」

「……」

「ゆっくりでいいから、話してほしい」

優しくそう促されて、リアナは口を開く。

「気にしても仕方がないとわかっているの。でも、彼女にもこうして優しくしていたのかな、とか。色々と考えてしまって」

「……そうか」

カーライズは静かに頷くと、言葉を探すように視線を巡らせた。

ふたりが座っている東屋の目の前には、美しい湖が広がっていて、紅葉した木々が映り込んでいる。湖面には水鳥の姿もあって、寄り添って泳ぐ姿は微笑ましい。

「私は、バレンティナを本当の意味で愛していなかったのだと思う」

やがてカーライズは、そう口にした。

リアナがこんなことを言ってしまったから、気遣ってそう言ったのだろうか。

そう思ったけれど、カーライズの表情は暗く、リアナを慰めるためではなさそうだ。

「彼女の存在は、私がキリーナ公爵家で生きるための、唯一の命綱だった。ただそれに縋(すが)っていただけで、彼女個人を愛していたわけではない。だから、バレンティナが本当はどういう人間なのか、まったく知らなかった」

カーライズの父が、彼を廃嫡すると決めたとき、バレンティナは簡単に、次期当主と定められた義弟に乗り換えた。

それを恨んでいたが、自分も同じだったと、カーライズは自嘲したように告げる。

「私もただ、次期当主の婚約者という立場であるバレンティナを、自分のために必要としていただけだ。彼女の心変わりを責める資格などなかった。だから、彼女を愛したことは一度もないよ。恋愛よりも重い依存を向けられて、向こうも迷惑だっただろう」

「カーライズ、ごめんなさい。あなたにそんな顔をさせたいわけではなかったの」

過去を苦々しく思っているような表情を見て、リアナの胸も痛む。

「ただ、あなたを愛するほど、過去のことが気になってしまって。彼女とも、こうして歩いたのかな、とか……」

初めての恋だから、色々と気にしてしまう。

そう告げてしまい、さすがにこんなに重い感情を向けられるのは、迷惑ではないか。そう思って慌てた。

けれどカーライズは気にした様子もなく、あっさりと答えてくれた。

「バレンティナとふたりで出かけたことは、なかったように思う。互いにまだ学生だったから、せいぜい学園で顔を合わせるくらいだ」

「そう、だったのね」

それを聞いて安心したけれど、そんな自分が嫌になって、リアナは俯いた。

「リアナ」

カーライズは、そんなリアナの名を呼んで、そっと手を握ってくれた。

少しだけ秋の風は冷たくて、その分、カーライズの温もりが、より強く感じられる。

「私も、愛したのはリアナだけだ。勝手がわからない分、間違うことも多いだろう。今回も、リアナが寂しく思っていたことに気付けなかった」

だから、互いに思っていることはすべて話そう。

そう言われて、思わず顔を上げる。

するとカーライズの藍色の瞳が、まっすぐにリアナを見つめていた。

かつて、この瞳には昏い影があった。

人を信じず、孤独に生きていた。

そんなカーライズが、リアナを見つめている。

柔らかな表情で、愛しそうに。

それを見た途端、リアナの中にあった負の感情は、すべて消え失せた。

（ああ、そうだったのね……）

自分の気持ちばかり考えていたリアナは、間違っていた。

きっと恋にも愛にも正解はないけれど、相手をしあわせにしたいと思うことが、リアナにとっての愛だ。

「私も、忙しそうなカーライズの邪魔をしてはいけないと、そう思い込んでたわ。働きすぎの夫を止めるのも、妻である私の役目だったのに」

今回は執事のフェリーチェに言われてしまったが、次からは自分が、休暇を提案したり、仕事の手伝いをしなければならない。

未熟なふたりだからこそ、ここから少しずつ、一緒に成長していこう。

そう誓い合う。

「私に対しても、思うことがあるなら言ってほしい」

「そうね。やはり、少し働きすぎだと思う」

一番に伝えたいのは、そのことだ。

カーライズも、流行病に倒れて、長らく体調不良だった過去がある。だから疲れている様子などを見ると、どうしても心配してしまう。

「わかった。これからは気を付ける」

真摯に頷いてくれたので、リアナもようやく安心する。

「私には、何か言いたいことがある？」

「そうだな。もっと私に、甘えてくれると嬉しい」

「……っ」

もっと勉強を頑張るとか、世間知らずなので色々な体験をしなければならないとか、そんなことばかり想像していたリアナは、予想外のことを言われて戸惑う。

（甘える……。私が？）

カーライズに甘える自分の姿を想像しただけで、頬が熱くなってしまう。

慌てて両手で頬を押さえて、俯いた。

きっと真っ赤になっているに違いない。

今までリアナは、病気になった姉を守らなくては、父の遺したカロータ伯爵家を守らなくては、とそればかり考えていた。

カーライズと結婚してからは、彼のために、キリーナ公爵家のために頑張らなくてはと思っていた。

そしてこれからも、彼の健康を気遣い、仕事のサポートをしたり、社交をする。それが妻となった自分の役目だと、決意していたところだ。

だからカーライズからの願いが、自分に甘えてほしいだなんて、想像もしていなかった。

「わ、私は甘えたことがあまりないの。だから少し、難しいかも」

カーライズの願いなら叶えたいが、実際にはどうやったらいいのかわからない。

正直にそう伝える。

「うん。すぐにとは言わないよ。だから、少しずつでいい」

リアナはしばらく考えたあと、そっと隣にいるカーライズを見上げて、思い切ってこう言った。

「あ、あの。抱きしめて、くれる？」

幼い頃、父にそう言って抱きしめてもらったことを思い出したのだ。

あれが、最後に甘えた記憶だった。

あとで思い返してみると、少し場違いな発言だったかもしれないが、カーライズは快く承知してくれた。

「もちろんだ」

そう言って、リアナを抱きしめる。

父と比べると、痩身のカーライズの腕は、それほど太くはない。

それでも包み込むように抱きしめられると、幸福感が胸に満ちる。

リアナもいつしか、彼の背中に腕を回していた。

全身を包み込んでくれる温かさが、リアナがもうひとりではないと教えてくれている。

そのままふたりは、しばらく抱き合っていた。

ふと気が付けば、湖が赤く染まっている。

紅葉が映り込んでいるだけではなく、もう夕暮れのようだ。

「体を冷やすといけない。宿に行こうか」

「はい」

離れるのは少しだけ寂しかったけれど、カーライズが体調を崩してしまったら大変だと、リアナも立ち上がる。

「手を繋いでもいい？」

そっと手を差し伸べると、すぐに手を握ってくれた。

子どものような甘え方だとわかっているが、他の方法をリアナは知らなかった。それでもカーライズも嬉しそうだったので、これで良いのかもしれない。

「もちろんだ」

手を繋いで、ゆっくりと遊歩道を歩く。

宿ではもう宿泊の手配は終わっていたので、部屋に案内される。

広くて綺麗な部屋だったが、公爵邸のものと比べるとやはり少し狭い。でもその狭さが、リアナには嬉しかった。

ここには数日間、滞在した。

ふたりで食事をしたり、宿の近くの店で買い物をしたりする。

湖にいる水鳥に餌をあげられる場所もあって、リアナは可愛らしい水鳥に夢中になってしまい、ずっとその様子を眺めていた。

ふたりきりで過ごす時間は、どの瞬間も楽しくて、来る前に感じていた寂しさはすっかりと消えて、リアナの心も落ち着いてきた。

これからはカーライズのため、キリーナ公爵家のために、頑張ろう。

カロータ伯爵家の新しい事業が上手くいくように、手助けもしたい。

ロシータ王女との交流は、これからも長く続いていくだろう。王族の友人にふさわしい教養と、所作を身につけなければならない。

やることは山積みだったが、疲れたらまた、ここでカーライズとふたりで過ごすことができる。

そう思うと、何でもできそうだ。

「リアナ」

カーライズが手を差し伸べてくれた。

しあわせな時間が永遠ではないことを、リアナは知っている。

両親との突然の別れは、今でもリアナの心に傷を残していた。

それでも、リアナは願ってしまう。
――どうかこのしあわせが、永遠に続きますように。

忘れ去られた聖女
Yukimi Presents
ユキミ
Illustration
芦原モカ
平和の代償として奪われた、
聖女の恋と騎士の記憶
フェアリーキス
NOW ON SALE
悪竜討伐の聖女として召喚され、同行する国一番の騎士レインフェルドと恋に落ちた美咲。無事討伐するも、なんと悪竜の呪詛を受け人々の記憶から存在を忘れ去られてしまう。もちろん恋人からも。それから五年、絶望から立ち直った美咲のもとに悪竜が復活し失われた記憶が戻ったという知らせが入る。二度目の討伐のため、レインフェルドと再会することに……。彼との恋はもう終わったはず。なのに「どうしてもきみを諦めることができない」と愛を乞われ!?
フェアリーキス
ピンク
fairy kiss
Jパブリッシング　https://www.j-publishing.co.jp/fairykiss/　定価：1430円（税込）

絶対に私を
抱かせて幸せにしてみせますわ！
アンソロジーノベル
Cover Illustration
黒木捺
フェアリーキス
NOW ON SALE
第4回 Jパブ大賞 特別賞 受賞
あなたの愛は、
この私が手に入れます！
溺愛ルート決定アンソロジー♡
著：茶川すみ　七夜かなた　すいようび　マツガサキヒロ

フェアリーキス ピンク
fairy kiss

あなたを愛することはない？
それは私の台詞です!!
Saki Tsukigami
月神サキ
Illustration
まろ
フェアリーキス
NOW ON SALE
「仲良し夫婦、全力で演じてやろうじゃない」
「それは頼もしい」
名門エスメラルダ公爵家とロードナイト公爵家は長年いがみ合う犬猿の仲。なのにエスメラルダ家の令嬢・ステラは国命でロードナイト家のアーノルドと結婚することに！　断固拒否したいが忠誠を誓う陛下の期待に応えないのは公爵家の恥！　毒舌合戦をしながら表向きは仲良し夫婦を演じ、裏で離婚を狙って浮気するよう仕向けるがうまくいかない。ところが仲違いの原因である100年前の婚約破棄事件の真相を追っていくうちに気持ちに変化が表れて!?
フェアリーキス
ピュア
fairy kiss

身代わり悪女の契約結婚
一年で離縁されましたが、元夫がなぜか私を探しているようです

著者　櫻井みこと
イラストレーター　チドリアシ

2025年2月5日　初版発行

発行人　藤居幸嗣

発行所　株式会社 J パブリッシング
〒102-0073　東京都千代田区九段北3-2-5 5F
TEL 03-3288-7907　FAX 03-3288-7880

製版所　株式会社サンシン企画

印刷所　中央精版印刷株式会社

ISBN：978-4-86669-733-8
Printed in JAPAN